Adéu, Serena

Maria Lluïsa Solà

Il·lustracions i coberta de
Ramon Martí

editorial cruïlla
Balmes 245 08006 Barcelona
ediciones sm
Joaquín Turina 39 28044 Madrid

Primera edició: març 1987
Segona edició: abril 1988
Tercera edició: abril 1990

Editorial Cruïlla
Balmes, 245 - 08006 Barcelona
Ediciones SM

Comercialitza: CESMA, S.A.
Badalona (Barcelona), tel: (93) 383 10 11
València, tel. (96) 375 50 00
Alacant, tel. (965) 10 44 11
Palma de Mallorca, tel. (971) 75 81 76

ISBN: 84-7629-157-4 (Cruïlla)
ISBN: 84-348-2086-2 (SM)
Dipòsit legal: M-12628-1990
Imprès a Espanya/*Printed in Spain*
Impremta SM

1 *Introducció*

BERDENY és un poblet situat de cara a la mar i redossat d'esquena a la muntanya, amb una platja petita i tancada per un promontori que s'endinsa en l'aigua, fent com uns braços de roques batudes per les onades, i que ha estat batejat per la gent amb el nom de la Forca. A ran de la sorra hi ha un casalot vell, en altre temps una llotja de peix, ara abandonat perquè la pesca ha desaparegut. Els pescadors marxaren en cerca de millors horitzons i els pocs que es van quedar es dedicaren al contraban. Però de tot això fa tant de temps que gairebé ningú no se'n recorda.

Han quedat, amb tot, les seves antigues i pintoresques cases, comprades i arranjades per gent de ciutat enamorats d'aquell tros de terra, d'aquell sorral i d'aquella mar tan blava, tan quieta a vegades i tan bona per curar malalties respiratòries per la quantitat d'algues que transporta l'aigua. En elles viuen tots els qui han tingut relació amb aquesta història, estranya i inexplicable.

El poble, petit, quiet i pacífic, és ara ben dividit en dues opinions perquè han aparegut dos compradors entestats a quedar-se l'antiga llotja. Un d'ells, foraster, la vol convertir en un hotel de gran categoria. Això potenciarà el poble, diu. L'altre, el metge de Berdeny, ajudat per companys seus, voldria fer-ne una «Casa de Repòs» per a persones d'edat, ja que la temperatura de què es gaudeix durant tot l'any i la salabror de la mar en fan un lloc idoni.

La gent no sap a qui donar la raó i l'Ajuntament, amo del casal i amb les arques buides, no s'acaba de decidir. I enmig d'aquest tripijoc els ha caigut entre cap i coll un nou embolic, o més ben dit tres: de primer, amb l'arribada d'una noia misteriosa, desconeguda de tothom; després, amb la troballa d'un tresor en una cova submarina que ningú no sabia que existís, i, finalment, amb la desaparició de la criatura arribada d'una manera estranya.

I, ves per on, d'aquell descobriment insòlit n'ha pervingut que es construís, finalment, la «Casa de Repòs»; i avui Berdeny està de festa perquè se'n fa la inauguració, i al poble no s'hi cap de gent.

Fins i tot hi seran els protagonistes d'aquesta història, després del temps que fa que no hi han posat els peus, des que els seus pares se'ls van endur per fer-los oblidar la desaparició de la noia forastera.

No s'han deixat de veure pas ja que són amics tots ells: en retrobar-se novament on de sempre havien passat plegats les vacances, la gatzara ha estat grossa.

Han corregut a la platja, tan enyorada, i sense ni dir-s'ho s'han assegut a la sorra, d'esquena a la Forca, com si, no veient-la, oblidessin tot el passat que començà, precisament, allà. I, en una postura un xic forçada, fan brometa i riuen i comenten com ho troben tot de diferent.

—Caram, quina gentada! —rondina en Miquel mirant-se la mar d'esquitllentes, plena de banyistes—. Abans no n'hi havia tanta —i queda callat en adonar-se que la paraula «abans» provoca el silenci entre els companys.

—Lluís, fill, estigues quiet, sembles una cua de sargantana —fa la Maria dirigint-se al seu cosí, al cap d'una estona de quedar callats. Ell se la mira de cua d'ull; deliberadament, s'alça i se situa ben de cara a la roca.

—Em moria de ganes de tornar a ser aquí amb tots vosaltres —diu aleshores corcuitós en Sergi i sent com una nosa al pit perquè no és veritat que hi siguin «tots».

—Me'n vaig a l'aigua —anuncia la Mònica amb una mena de rogall a la veu; i els altres la segueixen sense piular.

I aleshores és pitjor perquè la Forca encara es destaca més nítidament i es fica tan endins dels ulls que encara que els tanquis segueixes veient-la. En Quel comença a nedar frenèticament, fent grans esquitxades, i és potser per això que les noies tenen un gust amarg a la boca, igual que si s'haguessin empassat un glop d'aigua salada, i en Sergi nota un tremolor a la cara, com si tingués fred.

En Lluís s'ha quedat a la platja, sol, impàvid, mirant la muntanya color d'or vell, perdut en els seus somnis. Com sempre. Com abans.

Quan els companys retornen ni els veu. Cal que la Maria el sacsegi bruscament. Se'ls mira i els troba com desinflats, estranyament desassossegats; però dissimulen i parlen tots alhora mentre retornen a casa.

—Podríem anar d'excursió a...

—Vols dir que funcionaran, les bicicletes? Jo encara no he mirat la meva.

Ningú no ho ha fet. Les mares, que dissimuladament els han estat observant, pregunten com ha anat el bany.

—Esplèndid! Magnífic! Com mai! —Els sembla endevinar en les respostes una alegria fictícia, però pensen que s'aniran ambientant novament i tot resultarà d'allò més bé. I no gosen escatir res més.

La resta del dia els passa fent platxèria i anant a veure els amics que fa temps que han perdut de vista. Tanmateix, les «bicis» —fetes unes figues, pobretes—, no les han pogut fer servir. Han quedat que demà, després de la inauguració de la «Casa», les deixaran a punt,

ben repassades i engreixades. I les famílies han respirat, alleujades, creient-se que tot és oblidat i que la vida recomençarà normalment com abans que «ella» comparegués.

2 *Serena*

HE TORNAT a la platja. He retrobat la roca ran de l'aigua. M'ha costat tant recordar el passat que penso quant de temps deu fer que vaig arribar per primera vegada. O potser només fa uns moments... Què és el temps per a mi? Un no res.

Torno a ser al mateix lloc, però ara d'una altra manera. No se m'ha permès repetir l'experiència —oh, la saviesa de les germanes!—, ni jo he insistit com aleshores vaig fer-ho. He tornat i prou.

Els records se'm fan presents mentre el vent fa voleiar els meus cabells.

—Que llargs que els dus —em va dir la Mònica, com si no li agradessin. I tot de sobte em vénen a la memòria els noms dels meus amics: en Quel, la Maria, en Sergi i el petit i estimat Lluís. I els moments que vaig viure amb ells i el que fèiem i el que dèiem. I la meva arribada, justament on sóc ara, què els devia semblar? No va ser una cosa grotesca? He, he! Què pensaven de mi? S'han recordat alguna vegada de la pobra noia que vaig ser?

El cap em fa unes punxades terribles però m'és igual. Encara que se m'esberli vull recordar-ho tot, absolutament tot!

Acluco els ulls prement-los fortament amb les mans, endinsant-me en els meus pensaments, i torno a reviure aquells dies.

Em veig, lluny encara dels meus amics, en companyia de les germanes, observant com jugaven a la platja, com nedaven tan a prop meu que era meravella que no em veiessin.

—Deixeu-m'hi anar, deixeu-m'hi anar —els demanava; però elles m'estiraven, m'estiraven sempre i se m'enduien.

Vaig estar tan embadalida amb aquelles criatures llunyanes que ja no podia més. Els espiava a totes hores, i així que els veia comparèixer els seguia. Volia compartir els seus jocs i nedar amb ells i enfilar-me a la barca com a vegades feien; i, maldestres com eren, sempre se'ls tombava.Una vegada, he, he!, els vaig agafar la vela, que s'arrossegava per l'aigua, i per més que intentaven hissar-la no podien fer-ho; i jo, dolçament, els anava estirant i els feia seguir mar endins, fins que la noia que hi havia es posà a plorar i el noi que l'acompanyava digué una paraulota que no vaig entendre. Aleshores vaig deixar-los anar i pogueren retornar a platja. No els volia pas fer cap mal, oh, no! Només jugava amb ells i els havia espantat. Després vaig saber qui eren: en Quel i la Mònica; però em vaig guardar molt i molt de dir-los la facècia que els havia fet. D'altra banda, tampoc no ho haurien entès.

Ja abans de conèixer-los de veritat sabia els seus noms i prenia part en les seves converses, encara que mai no feren esment de sentir-me.

—Deixeu-m'hi anar! —tornava a pregar. I les germanes, tan assenyades, deien que no.

—Només una mica —pidolava. Fins que em vaig enravenxinar—. No és just! —deia plena d'ira—. No és just que pel fet de ser la més petita sempre us hagi de fer cas.

—Ho fem per tu, germana. No en trauràs res de bo, només malastrugança per a tots —em responien.

A la fi ho vaig aconseguir.

—Vindrem prest a recollir-te, sents? No ho compliquis massa ni els deixis records. És pel teu bé i pel d'ells —digueren.

I jo, sense ni agrair-ho, vaig fer via cap a la platja amb tot el delit. Bufava un vent de terra que m'empenyia endarrera, com si no volgués deixar-me arribar. Però no em venceria, no! Vaig fer un darrer esforç i en topar amb una roca m'hi vaig abraçar amb tota la força que em quedava, qui sap quant de temps, estenallada i retuda per la fatiga. No podia moure'm, ni alenar gairebé, ni demanar auxili. I aleshores, quan ja no podia resistir més, una veu digué:

—Ei, què hi fas, aquí? Sembles un nàufrag! —i un noi, plantat davant meu em mirava estranyat.

—Tens les cames nafrades. Que t'has estimbat roca avall? —va fer la noia que l'acompanyava.

I jo, en sentir-los, me'ls vaig mirar, tota trasbalsada. I en reconèixer-los, em vingueren unes ganes boges de riure perquè eren ells. Ells! Els meus anhelats amics, els meus allunyats companys, i ara els tenia a tocar de les mans. Vaig esclatar en rialles i, en voler incorporar-me, un dolor molt fort em va doblegar i em féu caure damunt la sorra calenta que m'emparava i em donava pau. I el darrer que vaig sentir fou la veu d'ella cridant esfereïda:

—Quel, és morta! És morta!

3 *Mònica*

HA DIT bona nit als pares i s'ha ficat a l'habitació. En entrar ha mirat d'esquitllentes el llit buit que hi ha al costat del seu. Ja se n'ha adonat aquest matí en arribar, però amb els tràfecs d'anar a veure la «Casa» i els amics no hi ha donat importància. Ara el voldria fora. Però com demanar-ho, si la família creu que ja no es recorda de res? Si pensessin, per un moment, que encara se sent afectada per aquelles rucades —un llit, la platja, una paraula dita a l'atzar— no la deixarien quedar-se a Berdeny i l'enviarien altra vegada amb els oncles —que són maquíssims. S'ho ha passat rebé, a ciutat, però casa seva és aquí i s'enyorava. Ha de fer veure, doncs, que ja ha oblidat aquella història tan, tan... tan bèstia, caram! Com moltes que surten als llibres.

Tot el dia ha estat amb un neguit i una nosa a dins que ja no podia més, però ha dissimulat tan bé que segurament ningú no se n'ha adonat; ni els companys, que mira que s'ho passaven malament, pobres! De segur que a hores d'ara deuen estar donant voltes pel llit i arrugant els llençols de mala manera. Ella, la Mònica, ha aguantat ferma.

Es fica al jaç i no agafa el son. Potser, si n'haguessin parlat, ara se sentiria més deseixida. No ho han fet; encara no. Ja arribarà el moment i entre tots aclariran una pila de coses que no entén.

S'alça, decidida, i es proposa explicar-se a si mateixa, com si no ho sabés, com va anar allò de la trobada de la Serena.

—Escolta, Mònica —fa—. Ja sé que tots els amics van dir sempre que no sentia gens de simpatia per la «Nosé» —riu amb una certa tristor en recordar el nom que ella li donà i que li esqueia d'allò més: «Nosé». Sospira, i torna a començar.

—Si el pare no hagués estat metge, vés a saber on hauria anat a parar. És clar que, com que jo la vaig trobar —bé, en Quel i jo—, la duguérem a casa. A on, si no? Em va donar un espant, quan ens caigué com morta a la sorra! I amb aquelles cames tan plenes de nafres! Encara ara no m'explico com ens ho vam fer per dur-la entre tots dos mig arrossegant-la, ja que anava tan mullada que se'ns escorria de les mans. I tot i que semblava una cuca de prima i lleugera que era, el que és aquell dia, renoi, com pesava! El pare, en veure'ns arribar amb aquella mena de paquet que no se sabia què era, tota algues i cabells entortolligats i regalimant com un peix, es quedà tan parat que sort de la mare, que sempre pensa en tot i ens la prengué dels braços i la portà a la sala i l'ajagué damunt el sofà, que va quedar fet una desgràcia.

—Un metge, un metge, cuiteu! —va dir, i em féu pensar que també estava atarantada, ja que no es recordava que en tenia un al costat. El pare, és clar.

—Deixa, deixa —digué ell, refent-se, i començà a mirar per tots cantons la cosa aquella que m'havia semblat que era una noia com ara jo, però ben segura no n'estava; i menys després d'haver-la sentit riure com una folla, que encara em sentia ben confosa.

—Aquestes cames, Senyor, pobreta! D'on l'heu treta?

—No l'hem treta, pare, ens ha caigut al davant nostre.

—I d'on?

—De la Forca, que anàvem a caçar musclos —aconseguí de dir en Quel, que no s'havia refet del tot de l'esglai.

—Se'n diu collir o arreplegar; els musclos no es cacen —el corregí la mare, que havia portat aigua calenta, sabó i tovalloles i començava a rentar les ferides de la malmesa criatura.

—Sortiu a fora —ens manà el pare—. Ja ens contareu després tot el que sapigueu.

—Però, si no sabem res més! I nosaltres l'hem dut! —vaig protestar jo, que estava desitjant veure què en sortia, d'aquell lligall de cabells i fulles verdes.

—A fora —repetí sense ni alçar la veu, i en Quel i jo fugírem com dos ratolinets. Ens asseguérem al marxapeu de la porta de casa i ens miràrem desconcertats—. Qui deu ser?

—Sembla una noia, oi que sí? —i quedàrem quiets com dos mussols, esperant que ens donessin llum verda per entrar i assabentar-nos de tot. De tot, què?

Al cap d'una eternitat, segons que ens semblà, la mare ens féu passar. La cosa, vull dir la noia, perquè ara sí que es veia que ho era, seguia ajaguda i el primer que vaig notar va ser que duia un pijama meu, justament el que més m'agradava.

—Ei! —jo que vaig intentar de protestar, sense gens d'èxit, i començà la inquisició: On l'havíem trobada? Qui era?

—No ho sabem —vam respondre tots dos alhora; i en Quel volgué escatir pel seu compte si era viva.

—Sí.

—No es belluga —vaig fer jo, incrèdula.

—Dorm. Està molt fatigada i el millor remei que podem donar-li és deixar-la reposar. Va, comenceu la història.

Era molt curta. Havíem anat tots dos a cercar musclos a la Forca perquè els nois i noies de Berdeny feien un concurs d'arròs a la marinera i nosaltres, vull dir la colla, volíem ser-hi.

—Si tu no en saps, de cuinar! —s'estranyà la mare.

—La Maria, sí —digué en Quel, i jo no vaig gosar de contradir-lo. No hauria donat ni un ral per la seva saviesa culinària des d'un dia que s'entestà a preparar-nos una amanida i es descuidà de rentar-la. I en una fulla d'escarola que justament anà a parar a en Lluís, hi havia un cuc preciós, grassonet i tan eixerit que li vam perdonar la vida i tot. A més, no hi va posar ni sal ni vinagre. Oli, sí. Nedàvem tots en oli i va ser un solemne fracàs.

—I només amb musclos, volíeu fer l'arròs?

—Bé, deixem-ho estar, això, ara. Així que la noia era a la Forca; i què hi feia? —volgué aclarir el pare.

—No ho sé. Estava arrapada a la roca i, quan ens ha vist, ha caigut com un sac de patates —explicà en Quel, que té un llenguatge molt poètic.

—I ha rigut d'una manera molt estranya —i vaig voler imitar-la i em va sortir un so que semblava de fantasma enrogallat—. Qui deu ser, pare?

—No ho sabem. Apropeu-vos a mirar-la, però no la desperteu.

Ho vam fer, de puntetes. Era blanca i rossa i semblava com d'aigua. Mentre la miràvem obrí els ulls, tan blaus i tan verds com mai no n'he vist d'altres, i de segur que va ser en aquell moment que en Quel, tan brètol i poc romàntic com és, se'n va enamorar perquè sempre més li ha quedat a la cara un aire com d'encantament. I no n'hi he pogut parlar mai, d'això, de primer perquè m'hauria ventat un carxot i després per no fer-li més mal.

En veure-la desperta vàrem dir:

—Hola —i ella somrigué.

—Com et trobes?

—No ho sé.

—Com et dius?

—No ho sé.

—D'on ets, has sofert algun accident? —preguntà aleshores el pare.

—No ho sé —i tornà a tancar els ulls com si estigués molt cansada.

En Quel i jo ens miràrem confosos. Què volia dir tot allò de «no ho sé», «no ho sé»? On s'és vist!

Ens van fer marxar novament.

—Però, per què no respon? —vaig dir exasperada.

—Deu tenir un atac d'amnèsia i no recorda res. Potser quan estigui més refeta recobrarà la memòria i ens ho explicarà tot.

Tornàrem a sortir més astorats que abans.

—Que estrany, tu!

—Pobra noia! —féu en Quel. I després d'un moment de silenci afegí, engrescat i amb cara de patata bullida:

—Quins ulls que té i que n'és, de maca!

I potser va ser aleshores que vaig començar d'agafar-li mania, a la «Nosé». Ens queia, com aquell qui diu, del cel; se'm posava el meu millor pijama; en Quel, que era el meu amic de l'ànima, feia cara de peix passat, i ens quedàvem sense arròs... Què més ens esperava? Sense ni pensar-ho, li vaig donar un pessic recargolat que el féu bruelar de dolor i, abans que s'hi tornés, vaig arrencar a córrer dient que calia anar a avisar la resta de la colla, que devien estar amb la paella a punt, esperant la nostra cacera.

Quedaren tan esfereïts en saber la notícia que el fet de no poder prendre part en el concurs no els afectà gens.

—Una noia! —cridà en Sergi, esglaiat.

—I què hi tens a dir, hauries preferit que fos un camell? —replicà la Maria, l'única que lamentava no poder-se fer perdonar la desgraciada amanida amb cuc, lluint-se com a cuinera.

—La podem veure? —preguntà en Lluís obrint uns ulls tan rodons que semblava que no li cabrien a la cara.

—No! —vaig fer una mica tibada—. La senyoreta «Nosé» està descansant.

—Qui? La què? —I aleshores vaig haver d'explicar el perquè d'aquell nom mentre en Quel no feia més que dir: «És maca, maca!», i jo me'l mirava amb cara de fàstic i la Maria, rient, em picava l'ullet.

Volgueren anar a casa tant sí com no i, com que no ens deixaren entrar, vam passar un dia ben galdós per mor de la desconeguda criatura a qui tant de bo hagués trobat algú altre que no fos jo, ves.

Totes les indagacions que féu el pare no serviren de res. Ningú no la reclamà, ni del poble ni forasters. Semblava no pertànyer més que a ella mateixa i, per torna, a nosaltres que l'havíem trobat. Tothom opinà i desfilà per casa per veure-la, fins que la família digué que prou, que semblava com si fos una atracció de circ i que es quedaria amb nosaltres mentre no li retornés la memòria i ens pogués donar raó del que li havia passat.

Quan els companys la van poder veure en quedaren ullpresos, sobretot en Lluís, que la contemplava com si fos una mena de tresor, fent costat a en Quel, que seguia ben encaterinat.

—Nano, sembles un enze! —i la Maria, neguitosa, donava estrebada al cosí.

—Ho és —deia jo que li tenia declarada guerra a mort, encara no sé per quins set sous. No ens podíem veure, ell i jo.

Total, que després de la troballa estàvem com desinflats i no se'ns acudia de fer res de profit que ens tragués de l'ensopiment.

—Li durarà molt de temps, aquest mal? —em preguntaven, tips d'estar-nos fent guàrdia a la porta de casa meva pendents de si arribava algú exigint-ne la devolució a grans crits.

—No és mal, és... què sé jo, a vegades penso que són ganes de prendre'ns el número.

—De debò que no sap qui és? —feia la Maria, esgarrifada.

—No és que no ho sàpiga, és que no ho recorda —aclaria en Sergi.

—Potser és que no vol dir-ho i fa veure que ha perdut la memòria. Tant de bo li tornés ara mateix i ens deixés en pau!

—Apa, Mònica! —m'escridassaven; i en Lluís afegia, amb aquella veu d'espinguet que tenia, que jo n'estava gelosa i ja la teníem organitzada. Una bona gresca, d'aquelles de clavar-se un fart de llenya, la qual, en acabar, ens deixava com nous i tan amics com sempre.

Amb tot, tenia la sensació que no érem nosaltres sols els qui ens estàvem corsecant i que la Nosé també es pansia amb tantes atencions que rebia, sobretot dels meus pares. Per això, quan ens digueren que ja podia començar a moure's i fer vida normal, respiràrem alleujats. Les ferides de les cames, tan espectaculars, ja eren gairebé curades, però li costava una mica caminar. En Quel corregué a cercar-li una bicicleta i es basquejà de tal manera que la Maria i jo el vam criticar com boges perquè el que és ajudar-nos a nosaltres quan havíem de canviar una roda o el que fos, ni mort, tu! I ara, corcuitós, es desfeia per portar la forastera a cavall de la seva bici perquè resultà, després de la feinada que havia tingut per procurar-li una «dues-rodes-tot-terreny», que la senyoreta no sabia anar-hi.

—Però de quin planeta ha caigut, aquesta? —es lamentava la Maria, sorpresa.

—No critiqueu tant, que de nedar sí que en sap, més que no pas tots vosaltres —intervenia en Lluís.

I era veritat. Tenia un estil preciós, com de ballet aquàtic, i quan començà a treure el nas fora de la sala de casa meva se n'anà de seguida a l'aigua. I no es volia allunyar massa i en comptes de nedar mar endins, com qualsevol persona normal, ella ho feia a tot el llarg de la platja i, naturalment, amb un vestit de bany meu perquè va arribar sense equipatge i no tenia res de res.

—Sóc la proveïdora de la senyoreta —vaig dir, enravenxinada, i la mare em renyà ben renyada i la Maria cuità a oferir-ne un de seu, el qual més de quatre vegades li havia demanat que em deixés i mai no va fer-ho. I quan li ho vaig fer avinent, ens vam enrabiar com dues mones i en Sergi, que ens escoltava, digué que no entenia res de totes aquelles bajanades que dèiem, i que semblava mentida que jo, la Mònica, fos d'aquella manera que tan aviat volia una cosa com canviava de parer. Total que vaig tenir molta llàstima de mi mateixa, de veure'm incompresa, i se m'escaparen les llàgrimes i em féu tanta ràbia que encara plorava més, i en Lluís, mofeta, m'oferí un mocador i l'hi vaig tirar pel cap, i aleshores la Nosé em va passar un braç per l'espatlla com per aconsolar-me, i jo, folla de malícia, li vaig donar una empenta i em vaig capbussar a l'aigua sanglotant com una Magdalena, i en Quel, de l'aigua estant, em preguntava a grans bruels què em passava i per què no ens ficàvem d'una vegada a la mar, que estava con mai de bona i tranquil·la.

I així cada dos per tres. I jo cada dia més neguitosa perquè, a més, la Nosé semblava tenir-me una estimació especial, no sé si pel fet de viure a casa meva o perquè de veritat sentia afecte per mi i no s'adonava de com era jo de malagradosa. Perquè jo sí que sabia que no em comportava bé.

La Mònica sospira i queda com absent, recordant el passat.

Potser sí que tenien raó els meus amics quan deien que jo tenia enveja d'ella. Fins aleshores havia estat la nena maca de la colla.

—Mònica, quin vestit més repreciós que dus avui.

—Mònica, t'has fet un pentinat que t'està maquíssim, noia.

Això, ho deia la Maria, és clar, que era l'única que s'adonava de les innovacions, perquè en sentir-ho en Quel es tombava a mirarme amb aire d'estranyesa i deia que feia la mateixa cara de pepa de sempre, i en Sergi ens engegava uns discursos llauníssims dientnos que les noies érem totxes per fixar-nos en rucades d'aquestes. Ens deixava baldades, renoi! I en Lluís, que se'ns havia afegit a la colla perquè era cosí de la Maria i tenia un parell d'anys menys que nosaltres, era un llauna olímpic. Fins que no aparegué la Serena ens ignorava si no era per mofar-se de nosaltres, però així que s'incorporà ella ja no vam existir més. El món quedà limitat a dos personatges: ell i la forastera.

Tot i que ja ens anàvem adaptant a la nouvinguda, que intentava integrar-se a nosaltres i seguir-nos en tot, de vegades li notava com una mena de distanciament i fredor que no acabava de comprendre. Semblava com si no ens entengués i tan aviat hauria dit que era una criatura com em donava la sensació de ser més gran.

—Quants anys creus que té? —em deia la Maria donant-me cops de colze.

—Em sembla vella de mil anys —li responia jo.

—Oi que sí, que de vegades té una expressió estranya als ulls?

—Ja esteu criticant, cotorres? —ens escridassava a una distància prudent de les nostres ires en Lluís, que sempre ens enxampava quan parlàvem d'ella. Semblava com si fos de la seva propietat. La defensava encara més que els altres i va ser ell qui s'empescà el nom de Serena. Jo hauria seguit dient-li Nosé, que li esqueia molt perquè responia a totes les preguntes d'aquella manera, però els de casa van dir que ja n'hi havia prou i que l'havíem d'anomenar d'una manera més adient.

—Com et dius? —tornaren a preguntar-li per darrera vegada, a veure si tenien sort i els ho deia. I, aleshores, la gran poca-solta, es va despenjar dient una cosa estranya que no em recordo massa bé com feia. Era així com «Havfrue», o una cosa per l'estil.

—Això no és nom de cristià! —vaig escridassar-la.

—Calla! —em manaren—. Com has dit?

Però es posà a riure i tornà a la seva resposta preferida:

—No ho sé.

—Doncs fins que ho sàpigues et donarem un nom. Quin t'agradaria?

Abans que pogués respondre saltà en Lluís (perquè hi érem tots, en aquell gloriós moment) i va dir:

—Serena.

—I per què? —ens el miràrem estranyats.

—Perquè ho és, de serena. No ha plorat ni ha fet escenes de trobar-se perduda com haurien fet aquestes dues bledes —i ens assenyalà a la Maria i a mi. I en acabar es posà vermell com un perdigot i es mirà els meus pares, esglaiat pel comentari. Ells van riure d'aquella rucada que ens empipà d'allò més a nosaltres, les «bledes», i van dir que endavant, doncs.

—T'agrada? —preguntaren per compliment a la noia, i ella féu que sí amb el cap. I des d'aquell moment va quedar, com si diguéssim, batejada i tots l'anomenaven amb el nom nou, llevat de mi, que de vegades se m'escapava el motiu.

Els pares posaren punt final a les indagacions perquè tenien prou problemes amb la «Casa», i la Serena quedà incorporada a la família.

Aquell estiu, abans de l'arribada de la noia, el meu pare i el d'en Lluís estaven capficats amb una gran idea que no els acabava de collar. No en parlaven gaire, i amb tots aquells envitricolls que havíem passat semblava que ho havien deixat córrer. Però no era veritat perquè m'ho va explicar quan, en veure'l tan capficat, li vaig preguntar què succeïa.

—Ja saps que la nostra il·lusió era muntar una casa de salut o de repòs per a persones ancianes.

—Un asil.

—No és ben bé això, nena. Ara ja no se'n fan, de coses d'aquestes. La gent gran, quan no tenen qui se n'ocupi, va a cases de repòs on hi ha assistència mèdica.

—I per què no ho feu?

—Hi ha problemes.

—De lloc? —em sentia important, tenint aquella conversa amb el pare.

—Doncs no. Pensàvem que el casalot que hi ha a l'altra banda de la Força, ben arreglat, ens podria servir.

—El comprareu?

—No el volen vendre, no pas a nosaltres.

—No és de l'Ajuntament?

—Exacte, però els ha sortit un altre comprador que sembla que els ofereix més garanties.

Me'l vaig mirar sense acabar d'entendre-ho.

—Vull dir que una part es dedicaria a gent que es pogués pagar l'estada i l'altra a persones sense recursos, i ens haurien d'ajudar, segurament. Els del poble hi estan interessats, però els qui han de decidir-ho no ho fan.

—Sempre hi ha embolics per culpa dels diners, veritat?

—Sí, filla, i no se'n pot prescindir, per desgràcia.

—I això, pare, és el que et fa fer aquest posat de mussol?

—Mònica!

—Perdona, vull dir que et veig encaparrat.

—Ho estic, és clar. Amb tot l'embolic de la Serena em vaig distreure una mica. Escolta, veritat que no et fa res que ens la quedem? Ho dic perquè tu també fas posat d'estruç, i que consti que no és per tornar-te la floreta —rigué.

—Si vols que et digui —i volia ser sincera—, massa feliç no, que no em sento, però si creieu que és el millor...

—No et fa cap nosa, és molt dòcil i molt manyaga.

—Sí, i se'm posa tota la meva roba!

—Nena!

—Bé, no t'enfadis, ja sé que és una rucada el que he dit. I, escolta, pare, et sembla que algun dia es recordarà de qui és i d'on viu? —vaig fer, esperançada.

—Esperem que sí, però mentrestant em promets que procuraràs ser amiga seva?

Què havia de fer, jo? Dir que sí, és clar. Però, quan ho vaig comentar amb la Maria, vaig dir-li que estava segura que no li tornaria mai més la memòria:

—Si s'ho passa pipa, noia!

—Doncs jo estaria molt trista de trobar-me entre forasters i no saber qui sóc —va fer ella.

—Tu, sí! —vaig contestar-li secament. I, tot i la prometença feta, no deixava d'observar-la de cua d'ull perquè no em sentia tranquil·la al costat seu. Era una sensació inconcreta que no podia comentar amb ningú per què tothom deia que era tan bonica i trempada, sobretot la mare, que n'estava com embruixada, i al final vaig acabar pensant que tenia manies i era jo la que em comportava estrambòticament.

La Mònica acluca els ulls, cansada de recordar tantes coses, i decideix ficar-se al llit. Abans, però, descorre les cortines de la finestra. Comença a ser de dia encara que al cel hi ha una mica de claror de lluna, com aquella darrera nit que van tenir la Serena amb ells, i diu, mirant-se la mar adormida i quieta:

—Jo t'estic agraïda, saps, per allò que vas fer de descobrir-nos el tresor; i mira, gràcies a tu s'ha pogut fer la «Casa». Si poguessis veure el vell casalot, com ha quedat de preciós... No sembla el mateix, paraula. I ja veuràs el servei que farà i la gentada que demà, que em penso que ja és avui, vindrà a Berdeny per celebrar-ne la inauguració. N'estaries contenta, creu-me, de veure perquè van servir totes aquelles coses que traguérem de la gruta. Encara em sembla que estic nedant per sota de l'aigua, pensant que no en sortiré mai més i em tornaré peix i renyant-me per haver-te fet cas, perquè jo no m'ho vaig creure fins al darrer moment, que ens diguessis la veritat quan parlaves d'una cova submergida, tu que no eres de Berdeny. Serena, per què no m'ho vas voler dir, el que hi trobaríem? I t'ho vaig preguntar, recorda-ho. I tu, què, eh?

—Ja ho veuràs, nineta, ara és hora de dormir —em vas dir la nit abans—. Et sembla bé? I desaparèixer com ho vas fer, sense ni dir-nos adéu, sobretot a la mare, que, pobra, tingué una pena que ni te la pots imaginar... Mira, durant molt de temps vaig creure que t'havies empescat donar-nos un disgust com aquell només per fer brometa. I ara penso que potser ho vas fer perquè estaves tipa de mi, ja que no et vaig arribar a estimar mai com cap dels altres. I tu ho sabies.

I la Mònica se sent tan afligida que ploraria i tot recordant aquella noia, estranya de tot i de tots i de la qual no van arribar mai a saber d'on havia vingut ni quin era el seu nom vertader. No els ha quedat res d'ella, ni tan sols una fotografia, res. Només un record persistent del qual no es poden deslliurar tan fàcilment com pensaven.

4 *Maria*

S'HA RASPALLAT BÉ els cabells. Els porta molt curts.

—Sembles un xicot —ha comentat en Quel aquest matí.

—I què? —ha dit ella, a qui tant li fa això de presumir—. Ja els du ben llargs la Mònica, que semblen una cua de cavall amb tanta pelussera. Ai, no, rateta bonica, no t'enfadis! —i ha corregut al costat d'en Sergi, que la defensarà de les ires de l'amiga, molesta pel que acaba de dir.

—Dona, és broma, ja saps que la teva perruca m'enamora —ha dit, situada estratègicament darrera el noi que li fa de paravent. I, després d'una estona de barallar-se, han acabat rient tots plegats, perquè ja saben que ella és així, mofeta i una mica poca-solta.

I ara, retuda per tot el dia de belluga —quin tip!— sospira i es recolza a l'ampit de la finestra i contempla l'aigua mansueta i adormida que té al davant.

Tot Berdeny és de cara a mar, i el lloc on viuen ells encara més. Ni que fossin en una illa no en tindrien tanta per contemplar. Els ulls li van cap a la Forca i, de retop, el pensament li fuig cap a en Lluís, el cosí.

—Què deu sentir? —pensa.

Han fet el bot tot el dia i gairebé no l'han ullat per res; només una miqueta al matí, quan s'han trobat a la platja. La resta s'han comportat com si no es recordessin de res, però ell ha hagut de demostrar que sí que ho recorda, asseient-se ben de cara a la roca, apa!

—Mireu que és, aquest noi! —es diu. Si gosés, aniria a la seva habitació a parlar-hi una estona, però no s'atreveix. D'ençà que ha tornat de fora que li sembla com si no fos el mateix: l'ha trobat més gran i com canviat, i cap de les vegades que ha intentat de fer una insinuació sobre el passat no ha obtingut resposta.

Sospira novament i es fica al llit. En Sergi li ha deixat un llibre d'aventures del qual diu que, un cop començat, no el pots deixar de cap de les maneres, però, a ella, li rellisca de les mans i el pensament li fuig qui sap on.

Ja va ser ben estrambòtica, la manera com aparegué la Serena, ja, i l'espant que degueren tenir en Quel i la Mònica en trobar-se-la arrapada a la roca igual que una alga marina, renoi!

Un misteri que els deixà frapats a tots,

vet-ho aquí. I encara els durava l'enlluernament, ara. Els nois en quedaren ullpresos i el cosí, ostres!, semblava que l'havien embruixat. Fins i tot ella va caure en aquella mena d'encanteri, i això li comportà moltes renyines amb la Mònica, que estaba engelosida de l'amistat que tenia amb la noia trobada.

—Té amnèsia —els digueren—. Per això no recorda res, ni tan sols el seu nom.

—S'encomana? —preguntà ella, i el pare de la Mònica es posà a riure i va dir-li que no tingués por, que no moriria d'aquell mal.

De seguida, però, que la desconeguda criatura va estar curada de les nafres i els cops que duia, sobretot a les cames —pobreta!— se'ls adaptà i volgué fer tot el que la colla s'empescava.

Una cosa li estranyà: la Serena, com la van batejar ells, tot i que sabia nedar molt bé, no es volia allunyar gaire de la platja.

—No ho trobes especial?

—Tot ho és, en ella —li respongué la Mònica.

—A qui esteu criticant? —digué en Sergi, que acabava d'arribar—. Sou un cas, ja sé de qui dèieu mal —i assenyalà la noia que era a dins de l'aigua amb en Quel, entestat a ensenyar-li a nedar—. Però, què fa aquell ruc? —s'estranyà—. Si en sap més ella que cap de nosaltres!

—Es vol fer l'interessant —replicà la Mònica, despectiva.

—Quin dels dos? —rigué ell.

—Ai, aneu a pastar fang! —s'empipà. La Maria, per evitar discussions, que les veia venir, digué apressada:

—Jo em sentiria molt desgraciada, si no sabés qui sóc.

—Doncs ja ho veus, d'això que dius res, noia.

—Potser no vol que ho sapiguem, o s'ha escapat de casa seva o...

—Para, Maria, que estàs fent un «serial» —rigué en Sergi—. Que no veus que és una criatura?

—A vegades em sembla vella de mil anys —esclatà la Mònica.

—Sí, que fa un posat així no sé com.

—Doncs si no ho saps no ho diguis —féu ell, empipat.

—I —tornà, punxeta, la Mònica— us heu fixat que a vegades diu coses que no s'entenen, vull dir, molt de persona gran.

—Del que m'he adonat —la interrompé en Sergi— és que en Lluís sembla un borinot. No se li desenganxa del costat ni amb aigua bullent.

—Quin un, sempre està als núvols! —reblà la Mònica.

Això, a la Maria, no li agradà gens. Ella estava disposada a dir que el cosinet era un babau i un llauna i el que fos; però, que ho diguessin els seus amics, no que no. I ara! N'emprengué, doncs, la defensa i no pararen

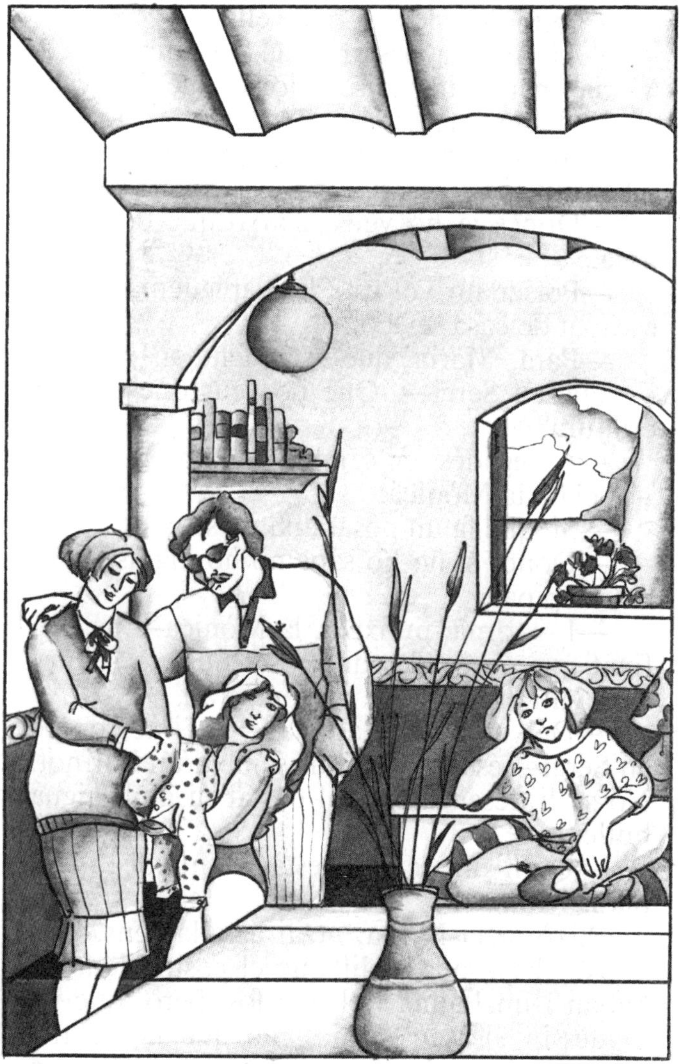

de discutir fins que els nedadors, que havien sortit de l'aigua, els van ben esquitxar, fent-los decidir a capbussar-se d'una vegada.

Ella i la noia havien acabat per fer-se molt amigues.

—Em sembla que la Mònica em fa un posat estrany quan veu que anem juntes —comentà un dia a en Sergi.

—No en facis cas, és una rondinaire.

—És que, saps, li ha hagut de deixar la seva roba.

—I què?

—Oh, vosaltres, els nois, tot ho trobeu d'allò més bé.

—I vosaltres, les noies, sou unes bledes que de no res en feu una muntanya.

La Maria, aleshores, s'enfadà terriblement i, sense pensar-s'ho dues vegades, li etzibà pel cap el primer que trobà i que s'escaigué de ser una tassa de xocolata que estava berenant i que, a més dels regalims que deixà per la cara del noi, es trencà. No li féu mal, només un nyanyo al front, i ell, després d'eixugar-se silenciosament, tornà a dir-li bleda amb veu més forta mentre els companys, que eren un xic lluny, corrien a veure què els havia passat, ja que ells dos eren carn i ungla i una baralla era cosa inaudita. La Serena no parà fins que els obligà a fer un jurament mutu de no agressió.

Quina cosa més estranya —pensà la noia—. Mentre foren sols, els de sempre, no s'esbatussaven més que de tant en tant; normal, no? I, aleshores, les ires de tots es dirigien contra en Quel, que sempre els volia manar. Amb la Serena en mig, tot anava d'una altra manera i no pas perquè ella s'hi fiqués, què va! Però, per un no res organitzaven uns batibulls que, fillets, no se sabia mai com podien acabar.

L'únic immutable era en Lluís. S'havia arrecerat a la nouvinguda i hi tenia llargues converses que no es podien sentir perquè, si s'apropava algú quan parlaven, callava com un mort i la Serena no explicava el que havien estat dient.

—Què li xerra? —feia en Quel, intrigat i molest.

—Jo què sé, a mi no em diu mai res! —saltava la Maria, engelosida.

—Deixeu-lo estar, pobre nano —deia, conciliador, en Sergi, i aleshores la Mònica començava a punxar fins que els veia ben desassossegats.

Un dia ell renyà la Maria:

—Mira, nena, t'haig de dir una cosa perquè, si no ho faig, rebento.

—Digues.

—Saps, tu no ets tan maca com la Mònica, ni de bon tros. Ni com la Serena, que aquesta sí que és bonica de veritat —i posà cara de totxo, segons que li semblà a la noia, que anava torçant el nas en sentir-lo—. Però abans eres com un xicot, m'entens?

—Ai, no, tu! —féu ella, sorpresa per aquella comparança.

—Vull dir que se't podia parlar de tot i podies jugar a jocs nostres sense cridar com una bleda, igual que les altres noies, que són una colla de soques i de pepes pansides, comprens?

—Doncs no, mira!

—Que sí, dona, que saps el que vull dir. La Mònica, ara, sembla un gat panxa enlaire, esgarrapa només de mirar-la. I tu la imites. Fas uns esbufecs! Es pot saber què us passa, a totes dues?

—Ai, Sergi, em sembla que l'arribada de la Serena ens ha desbaratat!

—Per quina raó? És molt trempada i no gens tibada.

—Sí, a mi també m'agrada, encara que m'hagis dit tot allò de no ser maca.

—Ostres! També ets d'aquestes? —i se la mirà estranyat.

—Home, no, tant em fa, encara que no has estat gens amable, si vols que et digui la veritat. Però és igual, deixem-ho córrer —féu corcuitosa abans que ell tornés a obrir boca—. Saps, em sembla que tot el mal de la Mònica li ve que abans era la preferida de tots, ei, no ho pots pas negar!, i ara, creu que l'hem deixat de banda i només ens preocupem de l'altra.

—I quina ximpleria més bèstia! —l'escridassà—. Si amb vosaltres ens veiem tot l'any i ens sabem de memòria, una vegada que ens cau a les mans una nena nova, maca, i amb la cosa de no saber qui és, que encara és més de suspens... I això és el que us dóna tan de malviure? Ho veus? Tinc raó quan dic que les noies sou unes pepes ensucrades!

—Mira, deixem-ho córrer perquè ens tornaríem a barallar.

—D'acord, tu, no tinc ganes que m'estavellis algun altre objecte-volador-fàcilment-identificable al cap. Mira, veuràs quin bony que m'ha sortit.

—Perdona, home, em va agafar un rampell. No sé per quins set sous sempre estem discutint, ara. Sergi, vols dir que no ens estem tornant vells?

—Voldràs dir grans, dona!

—I no és el mateix? —féu, desolada, la Maria.

De mica en mica, la convivència es féu més amable. Ja no es barallaven com tigres ferotges, ho feien d'una manera més assenyada, i la Serena sempre intentava posar pau. Per això, aquella vegada que la Mònica es despenjà amb grans misteris dient-los que els volia explicar una cosa d'ella, es quedaren molt estranyats.

—No vull que ho sentin ni el tòtil d'en Lluís, ai, perdona, Maria!, ni la Serena, és clar—. S'allunyaren un xic d'ells dos, que tenien una conversa molt arrencada.

—Digues, doncs. Què passa?

—Passa que aquesta noia no està bé del cap.

—Va, no comencem, que fa estona que hi ha pau —va dir en Quel.

—Sabeu què fa a les nits? —seguí explicant la Mònica.

—Dorm —féu, concís, en Sergi.

—Doncs, no senyor. S'escapa de casa.

—I on va? —la Maria, astorada, no s'ho creia.

—A la platja.

—A banyar-se? —i en Quel ho preguntà de bona fe.

—Segur, en aquelles hores de la negra matinada —va fer, mofeta, la Mònica.

—Tu t'estàs empatollant tot el que dius i t'ho estàs passant pipa, a més —s'enrabià en Sergi.

—Que no, que és veritat!

—I què hi va a fer, a veure!

—A plorar.

—Apa! —protestaren tots per la poca-soltada d'aquella resposta.

—El que sentiu. S'acosta a l'aigua i plora i diu coses que no entenc.

—I com ho saps, tot això?

—Perquè l'he vista i l'he sentida.

—I tu no la consoles? —féu en Sergi amb la veu un xic dura.

—Mira, noi, jo m'ho miro amagada i morta de por, ves.

Què va haver dit! La tractaren d'espieta i de mala companya que no hi havia per on agafar-la, fins que la feren plorar i tot. La Serena, que se n'adonà, corregué a consolar-la i, en paga, va rebre un rebuf. La Maria, irritada, donà un pessic ben recargolat a la Mònica. I les ploraines anaren en augment. Per sortir d'aquella situació tan estúpida, ja que la Serena no feia més que preguntar: —Què li heu fet, què té?—, sense tenir en compte la mala rebuda del seu gest d'afecte, en Sergi proposà d'acompanyar la ploranera a casa.

—No vull, deixeu-me estar! —cridava ella excitada, i la Maria digué que les deixessin soles, que ja l'acompanyaria ella.

—M'has fet mal! —es queixà la Mònica quan els altres marxaren.

—I tu, doncs? No m'agrada gens com la tractes, noia. I penso que tot el que has dit t'ho has inventat i...

—No, no, és veritat. I et prometo que em vaig espantar molt quan va passar. Penso que mentre dormo em pot escanyar o qui sap què.

—Apa, no diguis aquestes rucades! Saps què faria, jo? Doncs dir-ho als pares, dona. Ells sabran què cal fer. Va, ja estàs més calmada?

La Mònica digué que sí, i l'endemà, mentre eren a l'aigua, explicà que havia seguit els seus consells i li digueren que devia ser somnàmbula i que tancarien la porta de casa amb clau; i que, si tenia por de dormir amb la Serena, li traurien el llit de l'habitació i el posarien en un altre lloc. Però ella, la Mònica, pensà que això estranyaria la noia, perquè, adormida, no era conscient del que feia, i preferí deixar-ho tot tal com estava.

Els nois, uns dies després, preguntaren si encara anava a plorar a l'aigua i, en saber que les passejades nocturnes havien cessat, se'n despreocuparen per sempre més i no es tornà a parlar d'aquell tema.

Quin misteri hi devia haver en la vida de la Serena, pensa la Maria mentre fa veure que llegeix, sense passar de la primera ratlla. Deu ser ben trist, trobar-te forastera sense ni saber com et dius ni d'on véns, i que tot, tot, t'ho hagin de donar gent desconeguda. I la sort és que va anar a parar a casa del doctor, que eren tan bones persones i la tingueren com si fos filla seva. Tothom se l'estimava. Al començament, quan la trobaren, tot Berdeny n'anà ple; la gent estava enormement encuriosida i no els deixaven en pau, a tots ells, fent-los preguntes que no tenien resposta. Després s'hi van acostumar i la Serena passà a ser una més dels qui vivien allà i una més de la colla i una més de la família de la Mònica, tot i que aquesta mai no la va acceptar del tot. Només una vegada, ella, la Maria, la va veure contenta amb les pensades de la companya i va ser aquell dia que havien decidit fer, entre tots, un campionat amb barques.

Els havien deixat dues barques —petites, ei!— i van fer curses, noies contra nois. No en sabien gaire, de navegar amb aquells estris, però en Quel es posà tan pesat i tan totxo dient que elles no s'hi atrevirien que, per dignitat, acceptaren la juguesca, disposades a demostrar que podien fer-ho.

—Serena, tu vindràs amb nosaltres –s'atreví a dir el noi.

I aleshores la Mònica protestà enèrgicament, tot i que un minut abans acabava de dir que hauria preferit navegar ella i la Maria, totes dues soles.

Per tant, l'altra fou comminada a formar part de la tripulació femenina. En Lluís no fou acceptat perquè era massa petit, tot i que rondinà una cosa de no dir, i en Sergi no parà de botzinar, dient que les nenes no se'n sortirien.

—I si se'ls capgira la barca?

—Ja s'arreglaran.

—I si els passa alguna cosa?

—No siguis pare pedaç, tu! —l'escridassaren elles, tipes que sempre les volgués protegir.

—Vinga tothom, som-hi?

Els nois, galants, els donaren temps d'avantatge i les acomiadaren amb una gresca sensacional. Sort que a la platja no hi havia ningú perquè al matí havia plogut i la gent no hi anà, i així no s'hagueren d'avergonyir d'aquella facècia. La tarda havia millorat i feia una mar molt planera i no bufava gens de vent. Estaven tan atrafegades intentant que la vela se'ls mantingués en posició correcta que no els van veure arribar fins que els passaren a frec i les van fer caure de cap a l'aigua mentre les escridassaven:

—Ei, marineres d'estar per casa, com us va? Us ajudem a tornar endarrera?

S'empiparen com mones i la més enutjada fou la Serena, que tornà a enfilar-se a la barca ràpidament i ajudà les altres dues. Sense ni saber com va anar, es trobaren amb la vela ben tibant i enfilaren mar endins com una sageta. Encalçaren els nois i els depassaren i tot. En avençar-los, els feren pam i pipa, burletes.

—Ei, què feu! No correu tant que l'aigua s'està picant! —els cridaren ells; però no en van fer cas perquè la mar, al seu davant, seguia tan llisa com un mirall. Bufava un ventet suau que les empenyia enllà, enllà. Eren ben soles en tota aquella immensitat. De la barca dels nois no se'n veia ni el rastre, i lluny, perdut entre la boirina, hi havia Berdeny, i la Forca, que des d'allà estant encara era més semblant al seu nom, amb els tres braços de roca, com tres dits monstruosos que s'internaven mar endins.

—Que bonic que es veu des d'aquí! —va fer la Maria.

—Preciós! —digué la Serena—. Oh, com m'ho estimo i com us estimo a tots vosaltres! —semblava excitada en dir-ho i molt contenta.

La barca s'havia aturat i estava immòbil, com si l'haguessin ancorat.

—Ens banyem? —preguntà.

—Aquí? Vols dir que no ens marxarà, aquest trasto? —contestà la Mònica.

—Tranquil·la, no es mourà per res. Va, veniu a l'aigua, veniu —i es capbussà.

La seguí sense fer-se pregar i la Maria, un xic temorenca perquè li semblava que estaven massa lluny de la costa, féu el mateix.

Quina aigua tan rebona! No es movia gens i, si miraves cap a dins, era com si es veiés el fons, amb coralls i peixos de coloraines. Una bogeria! Disfrutaren del bany com mai, com camells, que deia en Sergi quan s'ho passava rebé. I, quan van cansar-se de tant de nedar i fer capbussades, s'enfilaren a la barca, que no s'havia mogut ni una ratlla d'on l'havien deixada, i s'estiraren al sol, plenes de benestar. Van ser moments d'una felicitat tan dolça que la Maria els recordarà sempre, mentre visqui, i si tanca els ulls encara li sembla veure aquella mar tan blava i tan quieta que donava ganes de caminar-hi pel damunt.

Devien quedar-se adormides perquè, tot d'una, la Serena les despertà sacsejant-les pels braços.

—Cuiteu, hem de marxar!

—Què passa, on som?

—Anem-nos-en, va! —repetia ella. Tenia la cara esblaimada. El temps havia canviat, l'aigua era picada i el vent bufava en direcció contrària a la costa.

La Mònica i la Maria s'espantaren.

—Ens negarem! —deien—, no podrem arribar a la platja, què farem?

—No tingueu por —feia la Serena—. Ajudeu-me a tombar la vela, va, afanyeu-vos!

El cel es tornà fosc com si anés a descarregar una gran tempesta. La barca oscil·lava d'un costat a l'altre, com si l'empenyessin per fer-la bolcar. La Serena esclatà en crits:

—Encara no! Encara no! —deia, i les noies se la miraven esfereïdes.

Amb molt d'esforç aconseguiren posar proa a la platja i, sense ni saber com ho havien fet, es trobaren a tocar del sorral on, ficats fins a la cintura a dins de l'aigua hi havia els nois, que havien estat observant com intentaven arribar mentre en Lluís, que també hi era, els deia d'anar a demanar auxili. Les ajudaren a desembarcar sense dir ni mitja paraula i arrossegaren la barca i la vela fora de l'abast de les onades. Aleshores, en Quel, enfellonit, els digué mil penjaments.

—Que us volíeu negar, doncs? És que no heu vist com s'estava picant, la mar? No ens heu sentit quan us hem dit de tornar enrera?

—Però, què dius, si ha fet un temps preciós fins ara! —deien elles, sorpreses d'aquella rebuda tan arravatada.

—No pot ser, noies —intervingué en Sergi, més calmat—. Nosaltres no hem pogut tirar endavant i així que ens heu passat hem hagut de girar cua. Tota la mar era un esvalot. Ja no sabíem què fer perquè no us vèiem enlloc.

—No ho entenc —digué la Mònica—. Et dono paraula que ha fet una tarda esplèndida.

—I ens hem banyat i hem pres el sol —reblà la Maria.

Els nois es miraren la Serena, que no deia res. Estava tan esgrogueïda que semblava que se'ls anava a morir allà mateix.

—No digueu mentides —hi tornà en Quel, forassenyat—. Tot això del bon temps us ho heu empescat per poder dir que heu guanyat!

—El mentider ets tu i, si no fos que en Sergi també ho diu, no et creuria de res —replicà la Mònica, exaltada—. Oi que sí, Maria?

—Lluís, si eres aquí, digues la veritat —demanà ella al cosí.

—El que diuen és cert i ens heu fet patir molt —digué. I aleshores s'ho van creure perquè era incapaç d'una falsedat i no entenien que pogués fer un temps diferent per a cada bàndol.

—Bé, deixem-ho córrer i no ho expliquem a casa —proposà aleshores la Mònica. Però la seva mare se'n va assabentar en veure-les arribar tan emmusteïdes i cansades i els engegà un predicot com mai de la vida, segons que li digué l'endemà a la Maria.

La Serena va dir que la culpa havia estat tota seva i que, si us plau, no renyessin ningú, però l'altra reivindicà la seva part en l'afer i hi hagué llamps i trons per a totes dues.

—No hi tornarem més —els digué la Serena. I no ho van fer. Però aquell bany, boig, deliciós i inexplicable, l'ha recordat sempre i ha estat motiu de molta estranyesa per a la Maria, que encara ara no entén com podia haver-hi una mar tan enfurismada com deien els nois —i s'ho creia, ei!—, i tan mansueta on elles eren.

Com aquella altra vegada, amb la lluna plena omplint tot el cel i l'aigua llisa com el palmell de la mà, i la Serena sense contestar quan la cridaven. I el desfici de tots i la tristor que van sentir. I el pobre Lluís, callat i quiet, pàl·lid com una aparició fantasmal. Quanta raó tenia quan els deia:

—No aneu a banyar-vos, no hi aneu!

La Maria s'alça del llit d'una revolada i corre a tancar la finestra. Prou de furgar en la memòria. Té, creia que no es recordava de res i només arribar s'obre la caixeta dels records i comencen a sortir-ne un seguit de coses que semblaven ben oblidades. Vinga, a dormir! Demà, que gairebé ja deu ser avui, és la inauguració de la «Casa» i han promès que ajudaran a passar les safates als convidats. I si no està ben desperta i ho fa mig ensonyada encara li cauran les olives per terra com aquella vegada els passà a ella i a la Mònica, i tothom les trepitjava i semblava que feien una verema d'oli.

Quina sort que la «Casa» ja sigui acabada. Si la Serena la pogués veure n'estaria contenta perquè és ben bé obra seva. Bé, no exactament: del regal que els va fer abans de desaparèixer tal com havia vingut, sense que se sabés com. I pensa que li agradaria tenir un d'aquells anells que va transportar des de la cova amb les mans ben closes perquè no se li escorreguessin dels dits, balders com li anaven. Li sembla que, si la tingués, fóra com si un tros de l'amiga romangués amb ella, sense saber que el seu record no se'l traurà mai més del pensament.

I, mentre rememora el dia del descobriment de la cova encantada, les parpelles se li tanquen i es queda adormida amb un somriure beatífic als llavis.

5 *Miquel*

NO HA ENTÈS mai ben bé què va passar. Afigureu-vos! Trobar-se una noia com aquella, caiguda del cel, i després d'un no res, perquè li sembla que el temps que la Serena va estar amb ells fou curtíssim, una maleïda nit de lluna plena, l'amiga desapareix i s'ha ben acabat tot. A veure qui és el que s'ho empassa, això, eh?

Li ha costat molt no pensar en aquella mala jugada i no donar-se'n la culpa, ja que va ser ell, ell mateix, ai las!, qui va tenir la malaurada idea.

Ara pot recordar-ho amb més calma, sense sentir al pit aquella nosa dels primers temps. Sort dels pares, renoi, que ho van entendre molt bé i no el van culpar de res, i a més se l'endugueren, juntament amb en Sergi, que també estava fet una coca, de pansiment, a fer un viatge a l'estranger en què es van divertir molt. Només que, de tant en tant, els venia a la memòria alguna pregunta sense resposta i es quedaven molt ensopits.

Ningú de la colla no volgué tornar a Berdeny i es van passar dos estius sense ni tan sols apropar-s'hi. I, encara ells, rai! El que és la Mònica, pobra noia, estava que feia pena de mirar-la; i el pitjor de tot era que el seu pare fos el metge del poble i, és clar, no podia marxar com van fer tots els altres. Sort que tenien família a ciutat i ella tot aquest temps s'hi va estar, i es veien, la colla, gairebé cada dia i no van parlar de res de tot allò ni morts. I pobre del que s'hagués atrevit a pronunciar el nom de la Serena!

I després d'aquest temps, com que s'han fet grans, és clar, i ja veuen les coses d'una altra manera, han decidit tornar a passar els estius a Berdeny, com sempre. I en Quel n'està content perquè enyorava els banys i les passejades amb la bici. I mira, es pensava que en arribar se sentiria així no sé com... i res, home, tan tranquil! Només que, en anar a la platja i tenir al davant del nas la silueta de la Forca, li ha entrat com una mena de desassossec; i deu ser per això, tot i que està esllomat de cansament, que no pot dormir i, per més que estova el coixí (que el deixa fet un rebuig, pobret), no troba la postura adient. I els records, com ales de papallona, ballen davant els seus ulls i recomencen novament la història quan...

...ell i la Mònica se la van trobar arrapada a la roca com —en Quel no gasta gaires compliments i això fou el que va dir— un musclo.

I sort que la noia es posà bé aviat perquè, quan la descobriren, no n'haurien donat ni un ral, de la fila que feia. Encara ara no ho comprenia. Com havia anat a parar allà? D'on havia arribat? No ho van poder esbrinar mai i la Serena se n'anà igual de misteriosament.

I el cas és que devia conèixer bé els topants perquè, com ho sabia si no, que hi havia una cova submarina, quan ningú del poble no en tenia la més petita idea? I fou la salvació per poder fer la «Casa de Repòs», perquè, si no és pel que hi van trobar, tal dia com avui, en comptes d'estar a punt per a la inauguració, el més segur és que al seu lloc hi hauria un hotel tot ple de forquilles. Mira que si arriben a poder-se endur tot el que hi havia! Renoi, rics foren tots ells!

Una tarda, mentre contemplaven l'acabament d'un dia serè, es posaren a parlar del problema de la casa. La Serena no ho entenia i calgué d'explicar-li-ho.

—Per què no ho feu, doncs?

—No tenim diners noia —respongué secament la Mònica.

—Diners? —i féu posat de baixar de la lluna.

Se la miraren, astorats.

—Se'n necessiten molts per poder-ho fer.

Quedà silenciosa una estona i, de sobte, digué:

—D'això que dieu, us en donarien a canvi de coses?

—Quines?

—Coses d'or, lluents.

—Apa, que en tens un cau, potser? —rigué en Quel, divertit.

—No sé pas que s'empatolla, aquesta. La vam trobar mig morta i ara parla com si fos una ricatxa. Si no és que siguin collarets de musclos o arracades de conquilles —es volgué fer la graciosa, la Mònica.

—Ets una poca-solta i una envejosa i... —en Lluís no trobava la paraula justa i optà per dar-li una empenta. La noia s'alçà irada per tornar-s'hi i en Quel es posà entremig de tots dos per descompartir-los. La Maria féu costat al seu cosí i se l'endugué estirant-lo pel braç, i en Sergi arrossegà la Mònica cap a casa seva.

La Serena se'ls mirava desconcertada i, quan en Quel tornà al seu costat, li preguntà què els passava.

—No res, semblen dues criatures, sempre barallant-se.

—Pobre Lluís, li teniu mania.

—Nosaltres? Si sempre s'està ficant amb la Mònica!

—És que, a la seva manera, em defensa.

—De què?

—De... Sempre sou així els, els... —no li sortia el mot.

—Qui?

—Vull dir tots.

—Així, com? No t'entenc!

Ella s'encongí d'espatlles.

—Vull dir tan poc comprensius. Amb mi heu estat amables i bons.

—Tu ets diferent, ets una noia.

—Ei! —féu, enriolada.

—I no et recordes de res ni tens ningú.

—Aleshores cal no ser d'enlloc perquè et tractin amb simpatia, segons tu.

—Dona, no és això, no t'empatollis. I escolta, que te'n reies quan has dit tot allò de les coses d'or?

Se'l mirà, amb una punta de malícia als ulls.

—No ho sé —digué, i alçant-se demanà d'anar a casa i a en Quel se li féu un nus a la gola i no gosà dir-li que ella no en tenia cap de seva.

Va ser com si un llamp els hagués caigut al damunt, el descobriment de la cova. Quan la Serena els proposà l'aventura fou el primer, ho recorda ben bé, el primer a dir que endavant. Tots hi posaren obstacles menys ell.

—Una cova submarina que no coneix ningú del poble? Això és una meravella, renoi.

—Bé, parlem-ne amb calma —féu en Sergi, indecís. Les noies posaren el crit al cel dient que no s'ho creien i que, encara que fos veritat, a veure com hi podrien entrar, si era submarina.

—Vols dir que haurem de fer immersió, no? —A en Quel li lluïen els ulls d'excitació—. Sempre he tingut ganes de provar-ho.

—En Lluís no vull que ho faci, no sap nedar gaire —va fer la Maria.

—Que sí que en sé —protestà ell—. I no em facis servir d'excusa per no haver de dir que tens por.

Hi hagué una bona discussió, amb això de tenir o no tenir por. El més sorprenent, amb tot, era el fet que hi hagués una cova desconeguda.

—És mentida —seguia dient la Mònica, caparruda—. Ens vols negar.

La Serena, immutable, els deixà dir. Quan s'hagueren esbravat de paraules, els explicà que no hi havia ni gota de perill. Només els caldria fer un moment, un momentet de res, una capbussada aigua avall i de seguida hi serien.

—I com és que no l'ha trobada mai ningú? —preguntà en Sergi, un xic desconfiat.

—Perquè l'entrada és practicable una sola vegada cada molt de temps. Després, els corrents marins la tornen a tapar.

—Això és molt imprecís. A més, tu, com ho saps?

—No ho sé —respongué ella després d'una breu vacil·lació.

—No comencem, va, si et plau!

—No us puc contestar, no! Si voleu venir us acompanyo, però no em pregunteu res més! —i per primera vegada la van veure enutjada.

Es miraren, sense saber què dir. Si els assegurava que no hi havia perill, per què no provar-ho?

—Jo et crec i vindré amb tu —va fer, fidel, en Lluís. I aleshores s'hi afegí en Quel.

—Quin dia passarà, això de poder entrar-hi? —preguntà.

La Serena mirà enlaire, als núvols, com si d'ells li hagués de venir la resposta, i tots la imitaren.

—Aviat —va fer, i els altres seguiren badant sense saber d'on havia tret aquella afirmació.

—Heu de prometre que no ho direu a ningú.

—I si ens passa alguna cosa? —demanà la Maria, atarantada—. Si no saben on som no podran venir a salvar-nos.

—No us han de salvar de res. Penseu-hi i ja m'ho direu.

—Ara mateix et diem que sí —i en Quel, engrescat, es mirà els companys, que no gosaren contradir-lo.

—Visca, estem amb tu! —però la Serena, aleshores, semblà haver perdut tot l'interès i no li pogueren treure ni una sola paraula més.

En Sergi, l'endemà, rondinava procurant que la noia no el sentís.

—Com més ho penso menys ho entenc. Com pot saber tot això de la cova secreta i de fer immersió? És d'aquests topants, doncs?

—No ho recorda pas —feia la Maria.

—I tota la resta sí. No us sembla estrany?

—A mi molt, i no me la crec gens. Ja veuràs com serà una enganyifa —reblà la Mònica, desconfiada.

—No te n'ha parlat, a tu?

—Ni una gota de res, es fa la misteriosa i deu ser perquè tot és mentida —i van arribar a creure que tot plegat era una broma, però quan uns dies més tard els digué: «Demà», tingueren un esglai. De bon grat haurien renunciat a l'aventura; excepte en Quel, que s'hi delia. Com que havien donat la seva paraula els calia complir-la.

—A quina hora?

—Així que surti el sol.

—Què hem de dur?

—El vestit de bany, és clar.

—Llanternes? —i els semblava com si fossin uns conspiradors.

—No cal.

—Que potser té llum elèctrica aquesta teva cova màgica? —féu brometa en Quel.

—Ja ho veuràs quan hi siguis —la Serena se'ls mirà, greument—. Confieu en mi, veritat? —i ho digué amb una veu tan afligida que els féu llàstima i s'afanyaren a dir que sí, tot i l'espaordiment que, en el fons, sentien.

Sortiren cadascú de casa seva com fantasmes, sense fer gens de soroll, i es reuniren al lloc convingut. La llum del dia encara era imprecisa i tot tenia un aire irreal. Ella els donà instruccions.

—Jo aniré al davant amb en Lluís i vosaltres em seguireu fins arribar a la punta de la Forca.

—Quina? Que en té tres, tu!

—La del mig, la més llarga. Quan jo alci una mà, us capbusseu i tot seguit veureu un forat negre...

—I com vols que el veiem si és d'aquest color! —rondinà la veu de la Mònica.

—El veureu, tranquils. Us hi fiqueu i torneu cap amunt.

—Amunt d'on? No ho entenc!

—No et cal, has de fer-ho i prou —respongué la Serena, irritada—. Us ho tornaré a explicar ràpidament perquè no podem perdre ni un segon. —I, en acabar, preguntà—: Ho heu entès, ara?

—Perfectíssimament: baixar a baix, pujar a dalt... —digué en Quel, irònicament—. I després de tot això, què?

—Sortireu a una mena de corredor entre roques, fora de l'aigua. En Lluís i jo ja hi serem. No tingueu por, sentiu?

—Oh, no!!! —feren sornegueraiment.

—Escolta, i si no trobo el forat, què faig? —volgué escatir la Maria.

—Doncs tornes a nedar cap amunt i ens

esperes a la platja. Va, som-hi! —i agafant en Lluís de la mà s'endinsà a la mar seguida dels altres.

Encara ara, en Quel, no podia pensar-hi sense tornar a sentir un esglai com quan, en veure el senyal convingut prengué alenada i se submergí amb tota la seva força aigua endins. I, tal com havia dit ella, el forat negre era a tocar, ben visible; i un cop passat, com aquell qui travessa el llindar d'una porta, sortí a una mena de gruta encantada, amb una sorra fina, com d'or. Tot això en pocs segons. Respirà a fons i mirà igual que un babau els companys, que ja hi eren, esperant-lo. Aquella mena de lloc era encerclat per parets rocoses on, pels esvorancs, es veia la mar encalmada i es filtrava la llum suau del dia que donava unes tonalitats insòlites i sorprenents.

—Renoi, tu —deia en Sergi esbufegant—, quin lloc, sembla de pel·lícula!

—Creia que em moria —feia, malagradosa, la Mònica—. Es pot saber on som?

—Devem ser a dins de la Forca; no, Serena?

—Exacte.

—Noia, em deixes de pasta de full. D'on l'has tret, aquest decorat tan fantàstic? —i la Maria corria a preguntar al cosí si havia passat por.

—Fuig, dona, no veus que anava amb ella! —respongué en Lluís, meravellat.

—La gent, quan ho descobreixin, es tornaran bojos —digué en Quel, i la Serena respongué, secament:

—No ho sabran pas, és un lloc misteriós i secret per a tothom.

—No pas per a tu, noia, i això vol dir que ets de per aquí—. Ella rigué, en sentir-ho.

—Va, anem.

—Cap a dalt, altra vegada?—. Féu que no amb el cap.

—Seguiu-me, de pressa. De pressa, que ens queda poc temps —i, tornant a agafar en Lluís, s'endinsà per un corredor.

Ells es miraren, desconcertats:

—Què vol dir amb això de poc temps, si tot just comença el dia? —però cuitaren a seguir-la.

El camí, amb el terra rocós, feia uns quants revolts i anava a parar a una sala tan alta de sostre que, per més que enlairaren els ulls, no en pogueren veure el final.

—Teniu, és vostre —els digué la Serena, arrambada a un costat, assenyalant-los uns baguls enormes i esventrats que, en la suau mitja llum que no se sabia d'on venia, feien com basarda. Ells s'hi aproparen amb recel i en destaparen un, i quedaren com colpits en veure el que contenien.

—Ai, no són joies, això? —féu tot baixet la Mònica.

—És un tresor de pirates, veritat? —i la Maria es mirà la Serena, que seguia arraconada, agafada a la mà d'en Lluís, i que no li tornà contesta.

En Quel i en Sergi anaven d'un bagul a l'altre fent exclamacions:

—Però, això és un tresor! El que hi ha aquí val una fortuna!

—Preneu-ho, és per a vosaltres, perquè pugueu fer la «Casa» —digué aleshores la Serena, desficiosa.

—Afanyeu-vos, afanyeu-vos, que se'ns acaba el temps! —i sacsejava el braç del noi, exasperada.

—Què et passa, no et trobes bé? —i en Quel anà per apropar-se-li, pero ella el rebutjà violentament.

—No, no, deixa'm! Agafeu tot el que pugueu, és vostre, us ho dono!

Quedaren esmaperduts. Estava blanca com el paper i semblava que d'un moment a l'altre se'ls anés a fondre. En Lluís l'agafava de les dues mans.

—Feu el que us diu! —cridà.

—Com podem agafar res, on ho posem? —i la Mònica, excitada, anava d'un bagul a l'altre.

—Pengeu-vos-ho dels braços, però cuiteu si us plau, cuiteu!

—No sé pas com podrem nedar. De veritat que ens ho dónes?

—Sí, de tot cor —semblava una morta—. Ja no ens podem esperar més —afegí.

Aleshores, els quatre, com folls, es llença-

ren damunt del tresor i es penjaren al coll cadenes i collarets d'or i s'embolicaren els braços amb polseres, i les noies es guarniren els dits amb anells que els anaven balders i els obligaven a dur els punys closos per por de perdre'ls.

—Podrem tornar? —preguntà en Sergi, carregat de joies com un aparador.

Ella no respongué. Estirant el company que havia romàs al seu costat tota l'estona corria adelerada corredor enllà.

—Marxem, marxem! —cridava, encomanant-los una estranya basarda.

En Quel, que gairebé no podia bellugar-se de tanta càrrega, abans de sortir de la gruta arrambà encara una copa de plata amb nanses i se la penjà com pogué d'un braç. I es jurà a si mateix que nedaria com fos, d'esquena o de cap per avall si calia, abans de deixar-la anar.

Empentejant-se, arribaren al lloc de desembarc. El capteniment de la Serena els estranyava, però estaven tan apressats per fugir que ningú no va fer cap comentari. Repetiren l'operació a l'inrevés i de seguida es trobaren a tocar de la platja, la seva, la de cada dia.

Lassos i extenuats, es deixaren anar damunt de la sorra, carregats com anaven. El sol, que tot just acabava de sortir, tenyia el cel d'un vermell esclatant, com una taca de sang. Quan els passà el batec del cor i pogueren respirar una mica més tranquils es miraren, esmaperduts, i en veure la fila que feien amb tot aquell joiam al damunt, es posaren a riure com uns ximples.

—Ostres, nena, si no fos per aquesta copa que encara duc penjada, em creuria que tot això ho he somiat —deia en Quel, descarregant-se la mercaderia.

—Serena, et trobes millor?— en Sergi es mirà la noia encara agafada de la mà d'en Lluís.

—Ja tornes a tenir color de persona; semblaves una morta, allà dins. Què et passava?

—No ho sé.

—No acabo de creure'm tot el que ens ha passat, tu, sembla de pel·lícula! —i la Maria es pessigava per estar segura que estava ben desperta; i aleshores s'adonava dels anells que duia als dits, els quals, en obrir les mans, li queien de massa grans.

—Ui, que bonics que són!

—De veritat que tot és per a nosaltres? —tornava a preguntar la Mònica, fent un petó d'agraïment a la Serena.

—Sí, sí. Estic contenta que us hagi agradat. Lluís, no has agafat res?

—Només la teva mà, sempre la teva mà. M'he espantat molt en veure el posat que feies.

—No hi fa res, tindràs coses millors. Estic tan cansada! —sospirà.

—Anem a casa, tot això ho han de veure els pares. Val una fortuna, segur.

—Escolta —féu en Quel—, encara han quedat moltes coses que no hem pogut dur, moltes! Quan creus que podrem tornar-hi?

—No ho sé.

—Per què no ens deies el que trobaríem? Hauríem pogut agafar bosses o...

—No ho sé.

—Ens hi acompanyaràs una altra vegada?

—No ho sé.

Es miraren en silenci. Començaven a entendre que quan ella tornava a l'antiga cantarella era que no volia dir res més.

—Encara no en teniu prou? Que no ho veieu, que ja no pot més? —exclamà en Lluís.

I era veritat. Estava tan extenuada que l'hagueren d'ajudar com pogueren a arribar a casa de la Mònica.

Que estrany tot aquell episodi de la descoberta de la gruta meravellosa i del tresor, pensa en Quel.

La Serena va estar ben malalta, i només sortir ells de l'aigua caigué una tamborinada com feia anys que no se'n recordava altra a Berdeny. Almenys així ho deien els més vells del poble.

La mar braolava com boja de ràbia i batia la Forca com si la volgués esmicolar. Va anar d'un pèl que no es carregà totes les cases de vora la platja.

I tot estava desballestat. La gent, sorpresa

que la colla hagués descobert una cova desconeguda i que ningú no pogués donar raó de com s'hi anava. I tot aquell tresor a dins, perdut per sempre! Alguns, els més arriscats, volgueren provar d'arribar-hi seguint les indicacions confuses que els donaren perquè es contradeien, uns i altres, però de poc que hi deixen la pell i sort tingueren de poder retornar vius, sense haver aconseguit de trobar el forat per on passar a l'altra banda... A l'altra banda, d'on?

La Serena no obria la boca per res. Semblava una ànima perduda i es mirava la mar, des de la finestra de la sala, amb un posat tal de pansiment que els feia corsecar.

Pel que fa al botí, els pares no en volgueren saber res i el posaren a disposició de les autoritats, que van fer una pila d'indagacions per saber a qui pertanyia.

Eren joies molt antigues i, per tant, ja no tenien amo. L'Ajuntament entrà en contacte amb un museu, que les comprà. En paga, oferiren de franc el casalot al doctor i es comprometeren a posar-lo en condicions d'habitabilitat.

I quan la Serena es recuperà i el temps tornà a ser normal i la gent deixà d'encaparrar-se amb aquell nou misteri, la mar tornava a ser una bassa d'oli i ell, en Quel, s'empescà de fer un bany amb lluna plena, a veure si animaven una mica la noia. I la colla va dir que sí, i fins i tot els pares, que s'havien enrabiat una cosa de no dir amb l'aventura submarina, van donar permís per fer-ho.

Quin mal acudit va tenir, segueix recordant ell, de ser-ne precisament l'inductor. I d'això se n'ha sentit culpable durant molt de temps.

Com podia imaginar-se que una cosa tan... vaja, tan res... que tots n'estaven tips, de banyar-se a la nit... Ui, amb pares i sense, ves! Doncs que una cosa tan senzilla com sucar-se a l'aigua quan aquesta sembla de plata de tanta claror de lluna que hi ha, els resultaria una tragèdia com la que van viure. I cada vegada que hi pensa, i la té present tothora, li fa venir llàgrimes als ulls.

En Quel fa un sospir que li surt del fons del cor, recordant la Serena tan plena de vida i, tot d'un plegat, res. És per tornar-se boig, renoi!

S'alça, decidit, i mira a dins del seu armari. Li balla pel cap que una tarda, passejant per la Forca, ella li havia donat un branquilló de farigola, que allà se'n fa molta i de bona olor, i li havia dit que la guardés en record seu.

Ara, però, no la troba i descobreix, de sobte, trist i meravellat, la vàlua de les coses petites i insignificants en aparença, quan van unides a un record i a un sentiment. Amb tot, sap que, amb branqueta o sense, la Serena sempre serà present en la seva memòria.

I, de sobte, sent com la son truca a les parpelles i li fa tancar els ulls, difuminant els pensaments i fent-los voleiadissos; i es va adormint lentament, a poc a poc, a poc a poc.

6 *Sergi*

ESTÀ TIP de sentir-se a dir que és un cap quadrat i que no té ni gota d'imaginació. El que passa és que li agrada saber el perquè de les coses i no es deixa endur pels arravataments, com fa en Quel, el seu amic més amic. Per aquesta raó, la Maria i ell s'entenen tan bé, perquè la noia toca de peus a terra; tot i que, en aquell envitricoll de la Serena, al final es deixà enlluernar com els altres i semblava com si estigués embruixada. Ell, encara ara, no comprèn res del que va passar ni de l'arrauxament en què visqueren aquell estiu. I el que és més divertit, o més trist, vés a saber, és que tota aquella facècia que no té ni cap ni peus li segueix produint una mena de tristesa a l'ànima... que ja està bé, home!

Després de tot aquest temps de no trepitjar Berdeny i dels inconvenients que això ha comportat a la família, ara que diu de passar-hi novament les vacances no fa més que arribar a la platja i té, tot d'una, el fantasma de la Serena que se li presenta al davant, amb aquell somriure tan dolç i aquella mirada a vegades tan picardiosa. I pensa com es deurà sentir en Lluís, que li tenia com una adoració, sempre darrera d'ella. És clar, com que era el més petit de la colla i ells no en feien massa cas, en veure que la Serena se l'escoltava, en quedà ullprès.

Tot aquest dia, el primer de l'arribada, no ha fet sinó pensar en com va ser d'estrany que se la trobessin d'aquella manera a la Forca i que mai, el que es diu mai, renoi!, hagués recobrat la memòria i els hagués pogut dir qui era, d'on venia i com es deia.

Ells la batejaren: Serena. I així visqué un temps, amb un nom prestat que ben segur que no era el seu, i després se n'anà sense ni dir-los adéu. No pot ser que s'ofegués. I ara, si nedava com un peix! Ni amb totes les ganes del món podia haver-ho fet en una nit de lluna com aquella i amb una mar que ni es movia, de tan dolça com era. Què va passar, doncs?

Enfutismat, es posa el pijama, es fica al llit i comença a donar-hi voltes. Com que no pot dormir, surt de l'habitació sense fer fressa i els pares no se n'adonen. I, tal com va, descalç, obre la porta de casa i se'n va de dret a la platja. La té al davant mateix. S'asseu damunt la sorra i, escoltant el soroll de l'aigua que sembla que el bressoli, torna a pensar en aquella desgraciada nit, tan semblant a aquesta, i en com va ser de curiosa l'arribada d'aquella noia.

La forrolla i el batibull que s'organitzà quan van explicar el que havien descobert fou enorme. El poble n'anava ple i tothom volia saber on era el forat inexplicable que donava pas a la gruta meravellosa i desconeguda.

—Saps —li digué un dia la Serena—, si m'arribo a pensar que el fet d'ensenyar-vos el camí i donar-vos el tresor us havia de comportar tant de trasbals, no ho faig.

—Per què dius donar, és que és teu?

Ella es mossegà els llavis i respongué un xic durament:

—Jo us hi vaig dur.

—Sí, però no ens has volgut dir com ho sabies.

—Tant se val, us hi vaig acompanyar per si us podia ajudar a fer la «Casa» i veig que no ha servit de res.

—No diguis això. Saps que es farà i que tots t'estem molt agraïts —féu ell, dolgut.

—Per què no deixen de preguntar-me coses, doncs? No en teniu prou, encara?

—Segurament que sí, però has d'entendre que la gent estigui excitada i vulgui saber el lloc. I tu no els ho vols dir i nosaltres no el recordem, com si se'ns hagués esborrat de la memòria.

—No puc fer-ho, no puc!

—Per què?

—No ho sé.

—Això és una excusa. Em sembla que

saps moltes coses i te les calles i no entenc el perquè.

—Ai, Sergi, Sergi, no vulguis saber sempre la veritat de tot! —féu ella. I no la pogué treure d'aquí.

Va ser un altre misteri afegit al de la seva arribada.

—Sabeu? —els digué la Mònica uns dies després—, el que vam trobar té molt de valor i s'ho quedarà un museu.

—Quin? —volgué concretar ell.

—Ai, jo què sé! A canvi, l'Ajuntament ha promès fer la «Casa» nova de trinca i el que calgui, perquè serveixi d'asil.

—De què? —preguntà la Serena, estranyada.

—Vull dir d'això, de casa de repòs i totes aquestes coses.

Quan el doctor els ho va confirmar, la més contenta era la forastera. Ell, mirant-se-la, li digué:

—No recordes com s'hi va, segur?

—No.

—No t'ho pregunto per ambició. Em creus, no?

—Sí.

—No em vols dir res més, doncs?

—No —i hi havia una lleu vacil·lació en la resposta.

—Bé, no en parlem més. Ho sento per aquesta pobra gent que es passa el dia a l'aigua fent capbussades, encara que la mar esfereeix de mirar-la. Però no em faran cap cas, si els dic que pleguin de fer de peixos. Ara, Serena, t'has d'animar i menjar una mica més, que sembles un ocellet vivint de l'aire del cel.

—Jo em trobo bé i voldria sortir i aprofitar els dies que... —i callà.

—En tens una pila, per divertir-te.

—Saps? —saltà la Mònica—. Et quedaràs a viure amb nosaltres.

Ella se la mirà tristament i digué:

—No ho sé.

—No comencem, va!

La Maria ho comentà més tard amb en Sergi:

—Quina sort, eh? Almenys, el tresor ha servit perquè la Mònica l'estimi una mica més.

—Sort, sort —rondinà ell—. És molt estrany i no m'ho puc treure del cap. Com ho sabia, eh? I per què no en vol parlar?

—Potser és filla d'un pirata.

—Apa, nena, que no és cap llibre d'aventures, això. De bestiar d'aquesta mena ja no en queda; ara són d'una altra raça.

—Doncs tot el que hi havia allà dins era ben antic.

—Això sí. I raó de més per trobar-ho estrany...

—Sí —concedí ella, sospirant—. I, escolta, no trobes que cada dia està més ensopida?

—Vols dir?

—Ui, i tant! El que passa és que els nois no us fixeu en res. Mira en Quel, no fa més que pensar en tornar a la gruta, però de donar-ne les gràcies a la Serena res, tu. Ni d'adonarse de la mala cara que fa. Sembla feta d'aigua, de tan transparent. Un dia ens desapareixerà al davant del nas —xuf!— i no la veurem més.

No l'havia recordat fins ara, aquest comentari que féu la Maria poc abans de la tragèdia. I el frapa. Caldrà que demà li pregunti què volia dir. Segurament, ho haurà oblidat. Tots feien posat de passar-s'ho molt bé, avui, que ja deu ser ahir. Juraria, amb tot, que dissimulaven i tenien a dins el mateix rau-rau que ell, en Sergi, ha notat tot el dia.

La lluna, al ple, sembla esclatar de tan grossa i il·lumina la platja amb una llum freda i blanca. Se la mira i li alça el puny, irat, perquè aquella malastruga nit també hi era, però quan la necessitaren, s'amagà darrera d'uns núvols vinguts qui sap d'on i els deixà ben a les fosques.

—Què us sembla si avui anem a fer un bany llunàtic? —els proposà en Quel—. Ei, Serena, què t'hi va que no t'has banyat mai a la llum de la lluna?

Ella li dedicà un somriure un xic pansit.

—Em sembla que no li fa peça —féu corcuitós en Sergi, que se n'adonà.

—Ui, sí, sí, va fem-ho! —cridà la Mònica engrescada, i la Maria li féu costat dient que ja era hora de desentumir-se perquè, entre el temporal que havien patit i l'ensopiment de la Serena, s'ho havien passat d'un avorriment mortal.

—I per què de nit?

—Home, Sergi, no voldràs pas que la lluna surti de dia! —l'escridassaren, mofetes—. Amb la claror que hi haurà semblarà que tinguem el llum encès.

—Ni claror ni raves secs! —respongué, empipat.

En Lluís li donà la raó. S'apropà a la Serena i li demanà que no hi anés.

—I ara, tu! A què ve això, que tens por? —en Quel se'l mirà, irritat.

—No hi vagis —tornà ell, sense fer-li cas.

Ella no respongué. Obrí molt els ulls i se'ls contemplà a tots. Després féu que sí amb el cap.

Es trobaren a la platja quan la lluna ja era instal·lada al firmament, majestuosa, embellint-ho tot amb la seva claror.

—Quina nit més bona per anar a la cova, tu —i en Quel donà un cop de colze a en Sergi.

—No siguis llauna, no es pot. Hi som tots?

—En Lluís no, s'ha posat impertinent i els oncles l'han enviat al llit.

—Vaja, el petarrell és a fer nones —rigueren.

—No us burleu d'ell, és l'únic que té raó —féu aleshores la Serena, agitada.

—Noia, si no et ve de gust no et banyis. Jo ho feia per ensenyar-te una cosa nova —s'excusà en Quel.

—Ensenyar-me... —i rigué d'una manera estranya.

—Només es tracta de ficar-nos a l'aigua, nedar una mica de res i, quan jo digui prou, tots a fora i tranquil·lets. No et passarà res, dona!

–Vosaltres ho heu volgut! —sospirà ella—. D'acord —i fou la primera a capbussar-se.

Xap, xap, feien els cossos en entrar dins de l'aigua, manyaga i de color de plata...

S'estremeix i no sap si és pel record o per la humitat que va caient. Pensa en la interminable nit que van passar cercant la Serena. Encara li sembla que sent els plors de les noies i veu les cares mullades d'ell i d'en Quel, i no solament per l'aigua del mar. Recorda l'espant que van tenir i com hagueren de córrer a demanar auxili, i la multitud de gent que arribà a la platja així que la notícia s'escampà pel poble com una taca d'oli.

... xap, xap, feien els cossos en ficar-se a la mar. Xipollejaren com folls, rient, abans de decidir-se a nedar mar endins una mica, només una miqueta. S'anaven cridant pels noms i tots responien. I, quan en Quel els manà de sortir, obeïren i es van reunir a la sorra, que encara conservava la calor del dia.

—Ei, el bany?

—Esplèndid, ens hi podíem haver quedat una micona més!

—Serena, t'ha agradat?

Silenci.

—Serena, on ets? —cridà en Sergi amb un estrany pressentiment al cor.

Ella no respongué. No hi era. No tornaren a sentir la seva veu. Debades la cercaren, amunt i avall de la platja, cridant el seu nom cada vegada més fort, fins a quedar enronquits. Els nois tornaren a ficar-se a l'aigua, nedant cap on recordaven haver-la sentit per darrera vegada, i en sortiren sense haver-la trobada. Ni rastre d'ella, enlloc.

La Mònica i la Maria ploraven silenciosament.

—No ho entenc, no ho puc entendre! —deia en Quel, desesperat.

—Anem a avisar —féu en Sergi amb veu tremolosa.

Hi corregué tothom i s'organitzà la recerca. Amb les barques dels estiuejants i tots els reflectors que es trobaren es recorregué la costa que vorejava el poble i encara més enllà, fins i tot mar endins, mentre d'altres rastrejaven els forats i esvorancs de la Forca. Però ho hagueren de deixar perquè els caigué una nuvolada damunt i una gran pluja, i la mar, tan encalmada, es picà. A ells, se'ls emportaren, els van fer prendre un calmant i els obligaren a ficar-se al llit.

L'endemà, en llevar-se, desmanegats i amb el cap buit, els comunicaren que no hi havia rastre de la Serena i que, si s'havia ofegat, la tempesta se la devia haver endut qui sap on.

Van ser uns dies molt cruels. Els feien preguntes que no podien respondre.

—Quan vau adonar-vos que no era amb vosaltres?

—No ho sé. En sortir de l'aigua, em penso —deia en Quel.

—Responia, quan us cridàveu?

—Sí. No ho sé —feien tots, desconcertats.

—S'havia donat algun cop, o potser li agafà rampa a les cames?

—No ho sé.

—Us havia dit res de marxar? L'esperava algú en una barca, mar endins?

—No ho sé.

I aquella resposta encara els recordava més vivament la companya desapareguda. Ara, ells feien la mateixa cantarella i no en sabien cap altra.

La situació arribà a fer-se tan angoixosa que els pares van decidir endur-se'ls de Berdeny, tallant les vacances en sec.

En Sergi i en Quel anaren junts de viatge a l'estranger, que els feia il·lusió. I s'ho passaren molt bé. Només que, de tant en tant, recordaven el que havia passat i s'interrogaven amb els ulls sense voler parlar-ne.

A l'hivern es van veure a ciutat, fins i tot amb la Mònica, que s'hi quedà a estudiar. Només van perdre de vista en Lluís, que era fora del país, amb uns parents. Avui, en reveure'l, l'han trobat canviat i com més fet. Ja no sembla el nano tímid d'abans, encara que en tot el dia no ha badat boca. De segur que, per molt que la família hagi intentat fer-li oblidar aquell estiu, no ho haurà aconseguit, perquè ell era el més embruixat de tota la colla.

I en Sergi sap, perquè li ho van dir temps després, que s'havia trobat costa avall el cos d'una noia ofegada, quan ja eren fora del poble, que podia ser la Serena i que ningú no pogué identificar. I l'enterraren en un petit cementiri blanc, de cara a la mar i on, si és que era ella, li agradaria de ser, amb aquella bogeria que tenia per veure-la. I ell, això, no ho ha dit a cap company per no desvetllar records.

I ves, avui, a la vora de l'aigua li sembla que no és morta, que d'alguna manera és entre ells, i no pot explicar-se aquesta sensació. I això l'encaparra, ja que ell és un noi que toca molt de peus a terra i vol saber el perquè de tot. I se sent torbat de mala manera.

Descobreix, molt a prop seu, una ombra, asseguda també damunt de la sorra, i, forçant la vista, reconeix més que no veu en Lluís.

—Ei, què hi fas, aquí? —li diu.

—El mateix que tu.

—No podia dormir, saps? —fa, com disculpant-se.

—Ni jo. Ningú. També te'n recordes?

—Home, tu! —rondina l'altre—. Apa, vine aquí, al meu costat.

En Lluís obeeix.

—No trobes que comença de fresquejar?

—Una mica, sí.

—Què me'n dius, de la «Casa», ha quedat esplèndida, oi?

L'amic no li torna resposta; està mirant l'aigua fixament. Després d'uns moments de silenci diu baixet:

—Sergi, saps, em sembla que ja sé qui era Serena, i si aquella nit no l'haguéssiu obligat a nedar no hauria passat res i potser encara seria amb nosaltres —i afegeix tot seguit—: No ho sé, estic fet un embull.

—Tots.

—No volia ficar-se a l'aigua, no volia... No ho entens? La vau obligar a retornar.

—Però què dius? —en Sergi, confós, l'agafa del braç.

—Retornar, on?

—T'ho creus, que es va ofegar?

—No —i fa, esperançat—: On és, doncs?

—Aquí —i en Lluís assenyala l'aigua.

—Nano, et donaria un bolet! —fa excitat—. Ho saps, que la van trobar costa avall? No ho sabies, veritat? Doncs jo sí que ho sé!

—No era ella, no! —i es desprèn amb força de la mà que el subjecta.

En Sergi, aleshores, s'alça, s'espolsa la sorra que du enganxada i diu:

—Ets un ximple, m'havia cregut que sabies alguna cosa i el que vols és riure't de mi. Me'n vaig al llit, ja m'he cansat de sentir les teves beneiteries.

I se'n va, enravenxinat, i no sent el que el company mormola en quedar-se sol:

—Tampoc no m'ho creuries, si t'ho deia.

7 *Lluís*

UNA TARDA, ell i la Serena eren asseguts a la platja, de cara a la mar. Ho feien moltes vegades, d'estar-se qui sap l'estona mirant-se l'aigua. Semblava com si ella tingués una necessitat imperiosa de contemplar-la. Els altres rondinaven i deien que, després de passar-se tot el matí en remull, els abellia de fer altres coses. Però ells dos s'escapaven sempre que podien i restaven silenciosos, estones i estones. De sobte, aquell dia, la noia sospirà i va fer baixet:

—Aviat me n'aniré per aquí.

En Lluís, estranyat, la mirà.

—Vols dir que marxaràs per on vas arribar?

—I per on vaig fer-ho?

—Anaves tan mullada quan et van trobar i tan plena d'algues —respongué, confós—. Per força havies de sortir de l'aigua.

La Serena no respongué.

—De veritat que no saps qui ets?

—Potser no ho puc dir.

—Ja m'ho penso! Sempre he cregut que ens enganyaves, vull dir que no ens ho volies explicar —afegí, embarbussat.

—Hi ha fets que semblen misteris. Tu creus en les coses màgiques?

—Sí.

—És clar, per això ets poeta.

—Qui, jo? —i es posà vermell a morir. Qui podia haver-li dit el seu gran secret? Si no el sabia ningú, ni tan sols la Maria, la cosina! La brometa que farien tots, si se n'assabentaven. S'imaginava les riallades d'en Quel, les mirades astorades del Sergi, els comentaris cruels de la Mònica...

Ella es petava de riure en veure el seu desconcert.

—Però, no facis aquest posat, tu, si el que t'he dit és molt bonic!

—I com ho saps? —barbotejà, confós.

—Jo ho sé tot. No saps que sóc vella de mil anys? —i reia a cor què vols.

—Apa! —no compartia l'alegria de la Serena—. A més, si ho saps tot has de saber que no en sóc, d'això que dius.

—Ho seràs, ho seràs, te'n dono paraula.

—Escolta, si ells s'ho oloraven no em deixarien en pau.

—Vols dir els altres?

—Sí, ja saps que no ens entenem massa bé. La Mònica em té mania.

—D'aquí a un temps tot això et semblaran rucades de criatures. I quan el teu nom

sigui famós, tingues present que jo t'ho havia pronosticat.

—Em recordaré tota la vida de tu, encara que mai no sigui res de res. Em guardaràs el secret?

—Sí, i tu el meu.

—Quin?

—El que has dit, que vaig sortir de la mar —i tornà a riure fins que en Lluís la imità.

La cosina li preguntà més tard de què reien tant, els dos.

—De res.

—I de què parleu? Sempre esteu xerrant.

—De res.

—Ai, noi, quines respostes més originals. Com pot ser, això de riure de res i parlar de cap cosa? És que teniu algun secret, tu i ella? Els altres em diuen que ets un mussol, que només obres la boca per vessar-la i, en canvi, fillet, quines converses més arrencades que manteniu, encara que no digueu res, segons tu!

Ell la deixà dir. Ara menys que mai sabria el seu ocult afany: que li agradava fer poesia. No li ho diria ni mort, i la Serena havia donat paraula de callar. Ja podia anar dient, ja! Per més que el volgués mortificar, l'encís d'aquella amistat no el sabia sinó ell. Li féu llengotes i se n'anà, deixant-la amb la boca oberta.

—Antipàtic! Mico esquifit! —cridà ella, enrabiada.

Pobra Maria, pensa ell. Encara recorda la seva cara quan, tota trasbalsada i desfeta en llàgrimes, la van dur a casa aquella nit. Se'l mirà, desesperada, preguntant-li:

—Ho sabies, tu, ho sabies el que havia de passar? Per què li deies que no vingués a banyar-se?

No ho sabia. Només pressentia que succeiria quelcom d'irremeiable. Ell no era com els altres, vivia en un món propi, fet d'intuïcions. Els pares l'enviaren a l'estranger, a casa d'uns parents. Ha après idiomes, ha crescut i tothom pensa que ho ha oblidat tot. Però no és veritat. No deixarà de pensar-hi cap d'ells, per més que facin. Tan sols veure el posat d'òlibes que feien en arribar a la platja i plantar-se tots d'esquena a la Forca, com si la muntanya tingués la culpa del passat, ja era suficient. Per això ell s'hi ha situat ben de cara, perquè s'adonessin que recordava i volia seguir fent-ho. I de fa un temps, quan hi pensa, té una mena de pena barrejada amb alegria. I d'ençà que és aquí encara més, com si tot de sobte comprengués el misteri de la Serena.

Ell té una teoria, però no la pot explicar a ningú perquè el prendrien per boig. I ara mateix, en arribar a casa, veu llum a l'habitació de la cosina i sap que no pot dormir, i se sent temptat d'anar-hi i dir-li:

—Nena, no et turmentis més ni donis voltes als records. Vols que et digui qui penso que era i t'alegraràs i et meravellaràs amb mi?

Però tem que no se'l creurà. Es farà un embull i ho xerrarà als altres, incrèduls com ella, i no pararan de fer-li preguntes a les quals haurà de respondre, també:

—No ho sé.

Ho deixa córrer, doncs. I, abans de ficar-se al llit, com que no té gens de son, treu del seu equipatge una llibreta que no abandona mai, on ha començat a escriure, fa temps, i on, en recordança de la Serena, ha copiat dues narracions que ella li féu abans de desaparèixer, que se li havien quedat clavades al pensament, i les torna a rellegir. Així reviu, novament, els bells moments passats en conversa amb l'amiga, asseguts de cara a la mar.

Primera història que li contà la Serena

ONA

Jo sóc feta d'aigua. Sóc de color d'aigua, és a dir, de cap color. Però, quan el cel és llis i blau, sóc blava; quan s'enfosqueix i es torna gris, sóc de color de plata, i, quan m'arrossego pel damunt d'un llit d'algues, em torno de color verd. I d'aquesta manera sóc una ona de tots els colors: a primera hora del matí, sóc rosada; a darrera hora de la tarda, quan es pon el pare sol, m'envermelleixo. Sóc una ona multicolor.

Això em procurà l'enveja de les meves germanes que vivien més enllà, cap al final de tota la mare mar. Eternament blaves, blaves, blaves.

N'estaven tipes, de tenir sempre el mateix color. Volien que jo els en donés dels meus, però no podia fer-ho, i elles no ho entengueren i s'impacientaren.

Van començar a rondinar a la mare:

—Per què has deixat que la teva darrera filla tingui més colors que no pas nosaltres?

—Perquè és sempre ran de la terra.

—I per què és sempre en aquell lloc?

—Perquè és la més mansueta de totes vosaltres.

—I per això ella és tothora acolorida de mil tons diferents i nosaltres no, per sempre blaves, blaves, blaves! —s'exclamaven.

—No pas sempre, filles; a vegades teniu un to gris.

—I aleshores ella és de color vermellós.

—Altres vegades sou blanques, de tan escumoses.

—I ella es torna verda com una maragda.

—A moments sou fosques, negres i amenaçadores.

—I ella té esclats de robins i turqueses.

—Què voleu, doncs? —la pobra mare mar no sabia com aconhortar-les.

—Volem ser com ella.

—No podeu, sou massa poderoses i el vostre color no pot canviar si no és per anunciar malvestats.

—No volem tenir poder, volem ser acolorides.

—El lloc on viviu no us els pot donar, aquests colors.

—Doncs li prendrem els que té i serem com ella.

—No ho feu! No ho féssiu pas! —s'escruixí la mare mar.

Les germanes no la volgueren escoltar. Convocaren una reunió i totes les ones hi acudiren. I aquell temps fou d'un esbalaïment total, a causa del seu capteniment. Tan aviat es giraven cap a una banda com cap a l'altra. I la mare mar en quedà aclaparada, i els dofins i els altres peixos, ben atarantats. No trobaven el camí dels seus caus i, per por d'esgarriar-se, no gosaven ni moure's. I les barques que els homes menaven no podien navegar perquè, tan bon punt posaven proa a la mare mar, les germanes ones, esborifades, els feien giravoltar i trontollar i cuidaven negar-se.

I jo seguia de lluny tot aquell enrenou, gronxant-me dins dels meus colors enlluernadors.

—Què fan, què tenen? —preguntava. I la mare mar em responia amb veu trista:

—No res, ja els passarà.

No fou així. Les germanes s'impacientaven i cada vegada desitjaven amb més afany ser com jo i posseir tot el meu colorit. I jo seguia bressolant la terra, suaument, plena d'escuma i rient com una boja de tanta felicitat que sentia. I reia, reia, reia...

Un dia, totes elles es posaren d'acord. Vindrien alhora i caurien damunt meu per prendre'm els meus bells colors.

—No ho feu, no ho féssiu pas! —somicava i pregava la mare mar.

No l'escoltaren; no l'obeïren. Es reuniren totes, amuntegades, i amb l'empenta que duien formaren una sola ona, alta, gegantina, que arribà on era jo, tan llunyana d'elles, i m'embolcallà i em desféu en mil bocins; i es doblegà damunt d'ella mateixa perquè totes les germanes em poguessin atènyer, i rodolà pel damunt de la mare mar que em volia protegir, i se m'engolí, i alhora s'empassà la terra i la sepultà dins de la seva irada ànsia.

I la mare mar quedà seca, i els peixos no podien alenar i els vaixells que s'havien trobat enmig d'aquell desori anaren a petar contra les altes serralades.

—Filles, què feu? Filles, què feu? —cridava la mare mar espaordida.

I fou un temps en què només se sentiren udols, i el cel s'enfosquí i tot es tornà negre de mort.

Quan les germanes es trobaren perdudes i sense camí, s'espantaren i volgueren tornar endarrera, i s'estavellaren damunt de les que seguien endavant. I tot anà en orris i la terra quedà al dessota de la mare mar, que es vestí de dol en veure tota aquella malaurança, i durant una pila de temps les germanes ones vagaren, esgotades i esmaperdudes, sense cap color, perquè ja no n'hi havia.

Així que pogueren retornar al seu lloc, van descobrir que moltes germanes nostres eren retingudes a dins de la terra que, arravatada d'ira per aquella boja garbinada, jurà mantenir-les presoneres per sempre.

I la mare mar plorà per tot allò, i jo, que havia pogut esmunyir-me pel dessota d'aquella fúria i havia pogut recollir els bocinets en què m'havien trencat, també plorava, perquè els meus bells colors eren perduts. Els blaus tranquils i els rosats tan dolços i el verd de les algues marines, i fins i tot el vermell esplendent de les postes de sol... Tot, tot havia desaparegut.

Fins que la terra no es calmà no els vaig poder recobrar i, aleshores, les germanes ones tornaven a ser blaves, blaves, blaves.

—Filles, per què ho heu fet? —els deia la mare mar.

—Volíem ser rosades i verdes —deien, entristides pel fracàs i avergonyides per la seva conducta.

Ara, fan veure que m'ignoren mentre jo em torno a gronxar encesa en mil colors. De vegades, però, s'enquimeren, envejoses i em volen escometre. La mare mar les vigila. Nit i

dia vigila; dia i nit les controla perquè no es tornin a desbaratar.

I la terra segueix, a trossos, dins de nosaltres i moltes germanes són, encara, a dins d'ella i la mare mar plora quan ho recorda.

—No has sentit mai gemegar la mar? —recorda que li preguntà la Serena en acabar la narració.

—Sí, quan hi ha tempesta.

—I plorar? —i ho deia amb un deix de tristesa.

—No... Sí, em sembla que sí —digué en Lluís sense saber si el que afirmava era veritat o s'havia deixat endur per l'encanteri.

Segona història que li contà la Serena

LA SIRENA

Una vegada —d'això fa milers d'anys— hi havia un mariner anomenat Milas. Era ros i colrat pel sol, amb ulls dolços. Era patró i mariner, o sigui, pobre com una rata. Tenia una vella barca i cada dia es feia a la mar a punta d'alba, quan el sol encara no s'ha despertat del tot de la seva dormida. Transportava mercaderies, costejant, fugint d'encontres amb pirates.

En aquell temps, a la mar hi havia moltes

sirenes i una d'elles s'agradà d'en Milas. El seguia i l'espiava i, quan el veia adormit a la barca, s'hi enfilava i li vetllava el son, tenint molta cura de fugir abans que es deixondís. I ell no entenia com era que, en despertar, ho trobava tot endreçat —perquè els homes són molt descurats— ni qui podia fer-ho.

Aquella mena de misteri el corsecava fins que un dia tingué una pensada. Astuciosament, es fingí adormit i, abans que les parpelles se li tanquessin de bo de bo, entreobrí lentament un ull en sentir una remor i, per l'escletxa, va veure que a dins de la barca hi havia una sirena.

Obrí els ulls de bat a bat, esmaperdut, però no es mogué d'on era i espià el que feia l'estranya criatura. Tota atrafegada endreçava el desendreç i després es pentinà la llarga cabellera, cantussejant i vigilant el son d'en Milas, que no tingué més remei que seguir fent-se l'adormit fins que ho va estar de debò.

Quan es despertà estava ben sol altra vegada i no sabia si tot allò ho havia somiat. No es podia treure del cap aquella visió. Fins i tot romangué ancorat una pila de temps, sense moure's, esperant la visita de la sirena, amb perill que se li malmetessin les mercaderies, però ella no es deixà veure.

Estava tan capficat i tan trist que no feia res ben fet. No menjava, no dormia i no gosava allunyar-se d'aquell lloc amb l'esperança de tornar a veure-la.

Un dia, trist a morir, es mig adormí i, en despertar-se, la veié novament. Estava d'esquena a ell, endreçant com sempre. Aleshores en Milas, sense fer gota de soroll, se li apropà i li posà una mà damunt de l'espatlla.

Ella féu un xiscle d'espant i es tombà a mirar-lo. Hi havia tanta por en els seus ulls que ell se sentí trasbalsat.

—Qui ets? Per què véns a veure'm? —preguntà, mentre tractava de retenir-la i que no li fugís—. No tinguis por de mi, no en tinguis.

—I tu, no em tems? —digué ella, encara tremolosa per l'ensurt.

—No, com puc fer-ho, si tot aquest temps he estat desitjant veure't i saber qui ets?

—Ja ho veus, doncs.

—Per què has vingut a la meva barca?

La sirena, sense respondre, se li atansà i el mirà de fit a fit, ben a dintre dels ulls, just al mig del cor. I ell, aleshores, ho va entendre i va saber que els dos s'estimaven.

—Et casaràs amb mi —digué.

—No puc; no som iguals, tu i jo.

—I què hi fa, jo t'estimo i tu també. Què pot haver-hi de millor?

—En tinc temença, d'això. No m'havies d'haver vist mai, pel teu bé.

En Milas li jurà que no havia de témer res i li prometé felicitat eterna, i ella es deixà convèncer.

El mariner, tan feliç en el seu matrimoni, cercava un nom per a la muller.

—Com et diré? —feia, mirant-la com es trenava la cabellera.

—Com el teu cor vulgui anomenar-me.

—T'anomenaré Manyaga —i així ho féu des d'aquell dia.

Havia retrobat el delit de viure, com abans, i la barca no parava, dia i nit fent viatges, mar amunt, mar avall, transportant mercaderies i enriquint-se a poc a poc.

Tot hauria anat bé si ell hagués romàs pobre. Però es veié ric i li entrà l'ambició. Ja no en tenia prou, amb la seva vella barca, tan atrotinada. Ja no li plaïa de viure sempre a la mar, volia viure en terra ferma i comprar-se un palau.

—Tindràs joies i vestits de seda i servents —deia a la Manyaga, que l'escoltava entristida.

—No puc viure a terra, necessito l'aigua.

—Et duré cada dia a la mar, en una barca nova.

—Es riuran de tu i de mi, quan em vegin.

—Per què? Ets tan bonica que tots s'agradaran de tu.

—I com els diràs que sóc... que sóc... —esclatava a plorar sense poder dir la paraula.

—Ho dius perquè tens cua de peix? —i per primera vegada féu aquella observació i, encara que ho digué amb molta delicadesa, la ferí en l'ànima—. No ho sabrà ningú. Els vestits que et compraré et taparan tota. Estimada, vine amb mi, no em deixis!

—No podré caminar, no podré fer-ho! —deia ella, desconhortada.

—Et duré en braços, no temis. Per què em poses tants entrebancs? Fa molt de temps que la meva casa és aquesta barca i estic cansat de no veure més que aigua al meu voltant —féu ell amb duresa. I la Manyaga, en sentir-lo, encara plorà més i, a la barcassa, li cruixiren les fustes i la mar s'esvalotà i del fons s'alçaren veus dient:

—Ai, pobra germana nostra, no hi vagis, no hi vagis, et serà la mort!

Però ell no les sentí, i ella, per no ferir-lo més, accedí al que demanava.

En Milas comprà un magnífic palau rodejat de jardí, davant mateix de la mar blava perquè la muller se sentís contenta, i l'emplenà de vestits i de joies bellíssimes. I prengué molts criats perquè els servissin.

Per un temps, la tragué a passejar cada dia, matí i tarda, en una barca nova, mar endins. I convidà gent a les seves festes i tots es feien creus que tingués una esposa tan bonica que no podia caminar i l'havia de dur a pes de braços.

I cada vegada era més immensament ric i més immensament cobdiciós. I ja no tenia temps per a la Manyaga, que s'esllanguia i s'enyorava de la seva vida humil d'abans, corsecada a dins de les seves magnífiques habitacions, mirant-se el mar a totes hores, sola, sempre sola.

Un vespre, en Milas tingué un rampell de remordiment per la descurança en què la tenia, perquè en el fons del cor seguia estimant-la, i anà a veure-la. Però no era enlloc. Preguntà als criats i cap no va saber respondre-li.

Aclaparat per la pena, no sabia què fer quan recordà un vell pescador a qui la Manyaga tenia molt d'afecte. L'anà a trobar i li preguntà si l'havia vista.

—Aquest matí m'ha fet cridar i m'ha demanat que la dugués a la vella barca.

—Vós? Però, si no teniu força per a res!

—Pesa tan poc i m'ho ha pregat amb tanta ànsia!

Amb un estrany pressentiment al cor, corregué on tenien varada la barca vella, ja que ella no se n'havia volgut desprendre. No hi era, i ran de sorra descobrí els vestits i les joies que li havia regalat.

Desesperat, es féu a mar. Navegà cercant-la tot el que quedava de nit. Tot l'endemà i encara un altre dia sencer seguí la recerca sense trobar-la. Anà fins a la cala on havien viscut venturosos tant de temps i allà hi havia el llagut, però ella no hi era.

En Milas, aleshores, es desféu de tot el que tenia i tornà a la mar com abans, pobre de tota pobresa, vivint en l'antiga embarcació recordant la Manyaga fins que es féu vell a morir.

Un dia, mentre dormisquejava al sol pensant en els temps sortosos en què era jove i ardit i tenia la muller al costat, va sentir una veu que deia:

—Ara ja pots venir amb mi novament, estimat. Ja ha arribat, finalment, l'instant en què podem tornar a estar junts.

—Manyaga, ets tu? On eres? —féu mig endormiscat.

—Sempre al teu costat, nit i dia. No em podies veure perquè el temps de la meravella ens havia estat pres. Ara ens és retornat i podrem ser, altra vegada, l'un de l'altre.

—Sóc tan vell! —somicà ell en els seus somnis.

—Ja no, ja no; tornes a ser fort i jove i jo t'estimo. Vine amb mi!

—No et veig, on ets?

—Aquí al teu costat, mira'm! —i, com en altre temps, entreobrí els ulls i la veié com li allargava els braços, i ell se li atansà i es prengueren les mans i es miraren al fons de l'ànima i tornà a sentir aquella felicitat que creia perduda per sempre.

I la barca, tan vella i amb la fusta podrida pel temps i la salabror de l'aigua, féu un cruiximent que semblà un crit de joia; es badà de dalt a baix i s'enfonsà lentament, amb ells dos, joves i enamorats com sempre. I la mar s'entreobrí per rebre'ls, com si recuperés uns fills estimats i esgarriats fins aleshores; mar blanca, mar blava, mar verda, mar de meravella.

En Lluís plega la llibreta i recorda que, quan la Serena acabà la història, ell va rondinar:

—Per què s'havia de fer vell? I per què la Manyaga no va tornar abans? I per què la barca s'havia d'enfonsar?

—Ui, ui, quants perquès! Lluís, les històries són les històries, i si no les has de creure, tant se val que pleguem. I prou, tu, que tinc la boca seca de tant xerrar i estic baldada una cosa de no dir d'estar asseguda a la sorra.

I ell, instintivament, li mirà les cames quan s'alçà, com si esperés veure... què?

Se li tanquen els ulls. Mig d'esma es fica al llit.

—Bona nit, Serena, demà em recordaré altra vegada de tu —i es queda adormit com un soc.

Bona nit. Bona nit, sembla com si li respongués la remor de la mar que vetlla el son dels habitants de Berdeny.

8 *Serena*

POTSER aquella meravellosa amistat hauria pogut durar més temps si jo no m'hagués adaptat tant a vosaltres. Això, a les germanes, no els va agradar gens. N'estaven engelosides.

I ben cert que els primers temps van ser durs, per a mi. No fèieu sinó preguntar-me: «Qui ets? D'on véns? Com et dius?», i jo, què us podia respondre? Si us ho hagués dit, m'hauríeu pres per boja, ben cert.

I l'aprendre a caminar amb aquelles dues coses llargues que tenia al capdavall del cos? Encara m'esgarrifo en recordar el mal que em feien. Sort que m'hi vaig acostumar aviat i, amb el temps, ni me n'hauria sentit. Em semblava que ja era com una altra Mònica, reganyosa; o com la Maria, que em mirava amb cara de babau. Què els devia semblar, jo, ara que ho penso, a en Quel, a en Sergi i al petit Lluís, el meu predilecte?

No us vaig arribar a entendre del tot, sabeu? Em desconcertàveu. Creia que éreu criatures sortoses que sempre rèieu i jugàveu i vaig veure que no era així: éreu mesquinets, envejosos i mofetes. Però no pas sempre. Amb mi, no! Vau ser gentils i per això us he volgut i us vaig ensenyar el tresor desconegut. I les germanes no m'ho van perdonar. No m'ho perdonaran mai, mai! Em van fer tornar sense pensar en el dolor que podria donar-vos i em prengueren la memòria i el vostre record. Però, avui l'he retrobat i us he recuperat.

Elles no feien més que pregar-me que tornés al seu costat i jo estava afligida perquè el meu cor era partit entre les germanes i vosaltres. Nit darrera nit, sentia les seves veus que em cridaven. I un moment, només un instant de no res, vaig tenir la temptació d'emportar-vos amb mi. Fou aquell dia quan les tres érem soles a la barca, recordeu? M'ho havia d'haver pensat, que tota aquella calma i aquella meravella de mar eren un parany per fer-me caure en el desig. I sort que me'n vaig adonar a temps i poguérem fugir. I, en arribar a la platja i veure la desesperació dels nois, encara vaig veure més clar el perill que havíeu passat, tu, Maria, i tu, Mònica, per culpa meva. I em sento dels renys de la teva mare, tan justificats. I em vaig jurar no posar-vos mai més en cap situació que us pogués comportar algun risc. I amb tot, el dia que us vaig dur a la cova, mentre miràveu, atarantats, tots aquells munts de coses boniques i lluents, vaig tornar a sentir la seducció d'emportar-vos amb mi. Hi éreu tots. Tots! I jo us volia per igual, encara que em decantés un xic més per en Lluís.

Per això us vaig espantar d'aquella manera, fent-vos marxar, deixant abandonades tantes coses d'aquelles que us podien servir per fer la «Casa». Jo volia donar gràcies a tots els qui havien estat bons amb mi: als teus pares, Mònica, als quals he estimat molt, t'ho pots ben creure; i a tota la gent de Berdeny, als qui m'acceptaren de bon grat i als qui no.

Quan les germanes s'adonaren del que havia fet, i fou tot seguit, juraren d'endur-se'm, i jo ja sabia que no podria allargar gaire més temps la meva estada entre vosaltres. Només que hauria volgut marxar d'una altra manera, però gairebé em vau empènyer a fer-ho aquella nit, sabent que les germanes estaven alerta, vigilants. I així fou.

Va ser un temps molt feliç, el que vaig passar aquí. I si he trigat tant a recordar-vos no ha estat per la meva voluntat. Estimats amics, em teniu present, no m'heu oblidat?

Ara m'adono de l'aire de festa que té el poble. I veig la sospirada «Casa», tota guarnida de banderoles. Estic contenta perquè hi tinc una mica de part, en aquesta alegria. Si les germanes ho poguessin entendre potser no es doldrien tant del que els vaig fer i que jutgen com una deslleialtat. No em queixo. Estic aquí amb vosaltres, encara que no ho sabeu. Us veig a tots i sé, també, de què esteu parlant... D'una noia a qui dèieu «Nosé», a qui després vàreu posar Serena, que es diu qui sap com...

Sempre que us recordeu de mi, em tindreu i jo us tindré. El dia que m'oblideu del tot, desapareixeré per sempre. I, sobretot, penseu-me amb alegria i no tingueu més dolor perquè em vau perdre. Jo el vaig tenir, i molt punyent, en no poder-vos dir adéu abans d'anar-me'n.

Avui és dia de festa i estic contenta d'haver trobat, novament, el camí de la Forca. I em posaria a cantar i tot. Si em sentíeu, què pensaríeu? Sabríeu que sóc jo, la Serena, qui ho fa? No, no, millor callar!

Lluís, t'estic mirant. No t'apropis, no em trobaràs. Has estat a prop de l'enigma i l'has intuït, però ara no t'acostis, ja no. Sé que et recordaràs fidelment de mi i això et serà motiu d'alegria i no pas de tristesa, i et donarà la capacitat de meravella i de màgia que ha de tenir qui vulgui ser creador. I tu ho seràs: de paraules, de ritme, de bellesa.

Et dic adéu, a tu i a tots. Se m'acaba el temps i he de marxar.

Adéu! Adéu! Adéu!

9 *Final*

LA COLLA s'ha reunit a la platja, fugint de la gentada que ha acudit a la festa de la inauguració. S'han fet bells parlaments i tots han picat de mans en acabar-se. S'han repartit refrescs i pastes, i ells han ajudat a passar les safates sense vessar ni una gota de res damunt dels convidats. Han rebut milions de trepitjades, d'empentes i de patacades afectuoses, car la gent del poble fa temps que no els ha vist i els ha trobat d'allò més crescuts i d'allò més eixerits i d'allò més maques, les noies, i d'allò més de tot, ja que avui és un gran dia per a Berdeny i els cors exulten de satisfacció.

En un moment donat, el pare de la Mònica ha esmentat la noia forastera, desapareguda, mercès a la qual s'havia dut a terme el que estaven celebrant, i la majoria dels presents s'han tombat a mirar-los, junts com eren en un racó. I ells han aguantat ferms les mirades, amb un somriure de bat a bat, com si tot allò fossin històries passades. I així que han pogut, sense ni haver-s'ho de dir, han sortit de la festa i s'han retrobat al davant de la mar, en el lloc de sempre, el seu.

—No puc més, estic baldada —ha fet la Mònica, llençant les sabates noves qui sap on i refregant-se els peus, adolorits, en la sorra.

—Quin tip de menjar i beure que s'han fet, tu, i que content que està tothom —diu la Maria deixant-se caure com un sac desinflat.

—Ha estat magnífic, tot —respon en Miquel. I en Sergi, mirant-se les noies, els diu que fan cara de cansament i ulls d'ensopiment.

—És la calor —dissimulen elles.

En Lluís, callat, s'asseu altra vegada de cara a la Forca, que té una tonalitat vermellosa, sota el sol que encara hi bat de ple, i amb el blau fosc de l'aigua al darrera seu.

Sense ni adonar-se'n, tots es tomben i ho contemplen.

—És bonic en aquesta hora, i té uns colors esplèndids, oi?

—Escolteu —diu en Sergi, després d'una estona de silenci—. Per què no en parlem d'una vegada!

—De què? —pregunta en Quel, que no pot deixar de mirar la muntanya.

—Ja ho sabeu de què: d'ella!

—La Serena, vols dir –sospira la Mònica.

—Encara fa mal —afirma la Maria.

—Potser, així, ens passarà aquesta mena de neuliment que tenim, caram! Ja n'estic tip, de sentir-me com una nosa a dins cada vega-

CASA DE REPÒS

da que hi penso —explota en Sergi—. I quan el teu pare n'ha parlat, Mònica...

—Tens raó —el talla en Quel—. Ja és hora de poder fer-ho amb calma. Oi que era amiga nostra? Doncs el fet que tot s'hagués acabat d'aquella manera... —i calla, commogut, i no pot continuar.

—És com una mena d'encanteri, el que ens passa. Jo, aquesta nit, gairebé no he dormit pensant-hi —confessa la Mònica.

I la Maria diu el mateix.

—En Lluís, ahir, no sé què s'empescava que sabia qui era —i en Sergi el cerca amb la mirada perquè els ho expliqui i no el troba—. Ei, on és?

El veuen que camina en direcció a la Forca. Es posen drets alhora i el criden:

—Lluís, ep! On vas?

La mar, aleshores, té un esclat de color i una lluïssor estranya. Com si milers d'estrelles de plata l'haguessin emplenat i en tocar l'aigua es fonguessin en tonalitats rosades i verdes. Com una bogeria de colors que es van transformant, fins que és tota com de corall.

Ells se senten trasbalsats i queden bocabadats contemplant aquella bellesa, sense saber què dir. Es miren els uns als altres i no ho entenen.

En Lluís, ara, s'ha posat a córrer. Sap que no serà a temps de retenir aquells segons de misteri, que li fugiran dels dits en un moment, però corre, adelerat.

Els companys el criden, commoguts:

—Lluís, vine! Lluís, no hi vagis! Lluís, què veus?

Aleshores, ell, com si retornés qui sap d'on, s'atura, retrocedeix lentament i, encarant-se amb el mar, crida ben fort, que ho sentin tots:

—Hola, Serena! Adéu, Serena! —i baix, baixet, que només ho sent ell, afegeix:

—Et dic adéu, Sirena.

I l'eco recull les paraules i les multiplica, i tota la platja és una remor d'aquell adéu.

ADÉU! ADÉU! ADÉU!

Índex

Col·lecció

EL VAIXELL DE VAPOR

Sèrie Blanca: Primers lectors

EL FANTASMA DEL PALAU / 1
Mira Lobe

MIQUEL I EL DRAGÓ / 5
Elisabeth Heck

QUAN LA TINA MARRANEJA / 10
Tilman Röhrig

LA HISTÒRIA DE L'ERNEST / 14
Mercè Company

EL DIA QUE EN CECILI ES VA PERDRE / 18
Joaquim Carbó

IAGA I L'HOMENET DE LA FLAUTA / 21
Irina Korschunow

BERNI / 26
Mira Lobe

ON VAS, CAMETES? / 30
Enric Larreula

LA LLUNA EN UN COVE / 35
Gemma Lienas

QUINA OLLA! / 39
M. Beltran, T. M. Boada, R. Burgada

LA ROSA DE SANT JORDI / 47
Joles Sennell

ELS NANS DE MÀNTUA / 48
Gianni Rodari

UNA RODA CURIOSA / 52
Joma

VALENTINA NAS-DE-NAP / 54
Montse Ginesta

FU, EL DRAC VERMELL / 65
Ursel Scheffler

SEMPRE PASSA ALGUNA COSA / 67
Ricard Creus

QUINA NIT DE REIS! / 78
Marta Balaguer

Col·lecció

EL VAIXELL DE VAPOR

Sèrie Blava: A partir de 7 anys

Col·lecció

EL VAIXELL DE VAPOR

Sèrie Taronja: A partir de 9 anys

Col·lecció

EL VAIXELL DE VAPOR

Sèrie Vermella: A partir de 12 anys

L'OCELL DE FOC / (4) *Emili Teixidor*

LA FILLA DE L'ESPANTALL / (8) *Maria Gripe*

PIOTR / (11) *Jan Terlouw*

EL TRESOR DEL MOLÍ VELL / (15) *Hannelore Valencak*

LES CARTES DE LA MILA / (20) *Francesc Sales*

EL REI DE KATOREN / (24) *Jan Terlouw*

EN RANQUET I EL TRESOR / (25) *Emili Teixidor*

ELDA I EL CAVALL DE L'EMPERADOR / (29)
Lluís Busquets i Grabulosa

EL FORASTER QUE VINGUÉ DEL MAR / (32) *Mollie Hunter*

POPPIS I ISOLDA / (33) *Maria Lluïsa Amorós*

ADÉU, SERENA / (38) *Maria Lluïsa Solà*

KÀVIK, EL GOS LLOP / (40) *Walt Morey*

LA CHRISTIE I LA CAÇADORA DE L'INDIANA JONES / (43)
Asun Balzola

EN RANQUET I ELS SEUS AMICS / (50) *Emili Teixidor*

RODERIC / (53) *Ramon Martí Comes*

AQUELLA TARDOR AMB LEPRECHAUN / (56) *Maria Lluïsa Amorós*

EL CORSARI / (57) *Miquel Rayó*

LA LLUNA DE LES MIL CARES / (58) *Dolors García i Cornellà*

LES COSES DE RAMON LAMOTE / (64) *Paco Martín*

EL LLADRE D'OMBRES / (70) *Jaume Cela*

LA HISTÒRIA DE LA PÄTTI / (75) *Dagmar Chidolue*

SÈMOLA AMB GRUMOLLS / (76) *Dietlof Reiche*

NOU RECORD DE VELLS OFICIS / (80) *Paco Martín*

77 HISTÈRIES / (81) *Miquel Obiols*

LA FREDA HA PERDUT LA VEU / (82) *Jerome Fletcher*

OCELL ROIG D'IRLANDA / (83) *Sandra Gordon Langford*

L'ENIGMA DE L'ESTÀTUA / (84) *E. L. Konigsburg*

A LA PUNTA DE LA LLENGUA / (87) *Miquel Desclot*

EL VIATGE DEL DOFÍ RIALLER / (88) *Josep Vallverdú*

GRAFÈMIA / (89) *Margarida Aritzeta*

Col·lecció

GRAN ANGULAR

Títols publicats

1. *Els escarabats volen al capvespre,* Maria Gripe
2. *El passat ha quedat enrera,* Anke de Vries
3. *L'abric verd,* Maria Gripe
4. *Els nois de Dublin,* Jean-Claude Alain
5. *El món de Ben Lighthart,* Jaap ter Haar
6. *Quin curs, el meu tercer!,* Oriol Vergés
7. *El país de més enllà,* Maria Gripe
8. *Frederic, Frederic, Frederic,* Emili Teixidor
9. *El misteri dels Farrioles,* Maria Lluïsa Amorós
10. *El poble del Gat Vampir,* Lensey Namioka
11. *Canya Plàstica,* Dolors Garcia i Cornellà
12. *L'hivern durant la guerra,* Jan Terlouw
13. *El capità James Cook,* John Hooker
14. *Camins de boira,* Jaume Martín i Burgos
15. *No en podem parlar mai més?,* Barbara Gehrts
16. *Presó sense barrots,* Jan Terlouw
17. *Còmplice,* Anke de Vries
18. *El cavall daurat,* Federica de Cesco
19. *Fill de metec,* Suzanne Sens
20. *... un lloc anomenat Terra,* Jordi Sierra i Fabra
21. *Martin i Lara,* Werner J. Egli
22. *Creuada amb «jeans»,* Thea Beckman
23. *El soldat plantat,* Emili Teixidor
24. *La (satanarquiarqueologicarronyosalvatgenialco-hòlica) poció del desig,* Michael Ende